Coleção
Dragão Mecânico

PECADOS TERRESTRES

GERSON LODI-RIBEIRO

Ilustrações

ERICKSAMA

1ª edição

Editora Draco

São Paulo
2022

Gerson Lodi-Ribeiro

Publicou dois contos na *Asimov's* brasileira: a FC hard "Alienígenas Mitológicos" e a história alternativa "A Ética da Traição", narrativa que introduziu esse subgênero da FC no fantástico lusófono. Criador do universo ficcional Taikodom. Introdutor do conceito de "Solarpunk" na literatura fantástica. Organizador de oito antologias de FC&F; autor de quatro coletâneas de ficção curta e dos livros de não ficção *Vita Vinum Est!: História do Vinho no Mundo Romano* e *Cenários de História Alternativa*, e dos romances de ficção científica *Xochiquetzal: uma Princesa Asteca entre os Incas*; *A Guardiã da Memória* (Argos 2012); *Aventuras do Vampiro de Palmares*, *Estranhos no Paraíso* e *Octopusgarden* (Argos 2018).

Publisher: Erick Santos Cardoso
Edição: Erick Santos Cardoso e Raphael Fernandes
Revisão: Ana Lúcia Merege
Capa, arte e ilustrações: Ericksama

Dados Internacionais de Catalogação na Publicação (CIP)
Ana Lúcia Merege 4667/CRB7

L 823

Lodi-Ribeiro, Gerson
Pecados terrestres / Gerson Lodi-Ribeiro; desenhos de Ericksama. – São Paulo: Draco, 2022. – (Dragão Mecânico; 1)

ISBN 978-65-5753-026-9

1. Ficção brasileira I. Título II. Série

CDD-869.3

Índices para catálogo sistemático:
1. Ficção : Literatura brasileira 869.3

1ª edição, 2022

Editora Draco
R. César Beccaria, 27 – casa 1
Jd. da Glória – São Paulo – SP
CEP 01547-060
editoradraco@gmail.com
www.editoradraco.com
www.facebook.com/editoradraco
Twitter, TikTok e Instagram: @editoradraco

“Aqui se faz, aqui se paga.”
[Velho ditado terrestre]

Um trecho do capítulo 1 deste romance foi publicado sob a forma de vinheta no jornal O Estado de São Paulo, edição de 30 de outubro de 2021, sob o título “Veneza Carioca”.

Aos meus amigos queridos
Tarqüínio Teles, Maria Emília Silva,
Roctávio de Castro, Giseli Ramos,
João Marcelo Beraldo e Ivan Jerônimo,
por terem acreditado.

PECADOS TERRESTRES

PRÓLOGO: Herança de Pandemônios e Pandemias

Minha mãe me contou que, quando era garota, os climatologistas alertavam que, se nossos governantes não tomassem certas decisões cruciais, porém impopulares, o nível dos oceanos subiria de cinco a dez metros até 2200. Pois bem. Pressionados por ondas de negacionismo difíceis de compreender hoje em dia (ou talvez não...), poucos governos tomaram as decisões corretas. Providências para reduzir o aquecimento global tardaram e, portanto, falharam. Só que as previsões dos climatologistas acusados de alarmismo e perseguidos por nossa elite política haviam sido demasiado otimistas: as geleiras da Groenlândia e da Antártica derreteram bem mais rápido do que o esperado e o nível dos oceanos se elevou em sete, oito metros antes de 2050.

As cidades costeiras foram inundadas. Nações insulares desapareceram. O mapa-múndi se alterou em menos de uma década.

No Brasil, governos sucessivos voltaram as costas aos fatos científicos e fecharam os olhos ao desmatamento da Amazônia. Ao longo dos anos, a situação se agravou e, enfim, tornou-se crítica a ponto de a Assembleia Geral da ONU cogitar uma intervenção dos capacetes azuis, proposta barrada no Conselho de Segurança por nossos aliados chineses. Mesmo assim, os Estados Unidos, a União Europeia e a Grã-Bretanha criaram uma força militar internacional de intervenção e ocuparam vastas parcelas da Amazônia. O Brasil e seus aliados da América do Sul e dos BRICS reagiram, estabelecendo uma coalizão para tentar libertar as regiões ocupadas. Ao fim de uma guerra de atrito de sete anos, a Amazônia perdeu dois terços da sua cobertura vegetal para as queimadas, o desmatamento e a desertificação. O resultado exato que os dois lados alegadamente desejavam evitar. As consequências climáticas desse ecocídio não tardaram a se fazer sentir em âmbito planetário, recrudescendo a hecatombe ambiental em curso.

Por aquela época, a parcela mais esclarecida da população global começou a intuir que a situação crítica da nossa biosfera se tornara irreversível. Pois, para mudar as coisas e salvar a Terra, precisaríamos mudar as mentalidades das pessoas – um processo de reeducação da civilização global terrestre como um todo. Só que as pessoas não desejavam mudar. Quer porque estavam felizes com o status de última geração próspera do mundo e evitavam pensar no amanhã de seus filhos e netos, quer porque pensavam nisso, mas julgavam que já não adiantava mais.

Daí, boa parte dessas pessoas mais esclarecidas e abastadas resolveu ir embora. Financiaram megaprojetos de construção de habitats orbitais e cidades sublunares. Nas três décadas seguintes, milhões de cidadãos das nações mais ricas se mudaram para o espaço com armas e bagagens. Sobretudo, para as órbitas baixas. Já em seus primórdios, as comunidades espaciais e selenitas se consideravam a elite da humanidade. Hoje julgam-se capazes de sobreviver à hecatombe ambiental que se alastra pela biosfera terrestre. Esses cidadãos extraterrestres se arvoram em guardiões do futuro do gênero humano contra os desvarios da nossa civilização global.

Aqui embaixo, a coisa não está fácil para ninguém. Nem mesmo para os ricos e poderosos que teimaram em permanecer na Terra. Epidemias se convertem em pandemias todos os anos, espalhando-se mundo afora e ceifando milhões de vidas, não obstante os avanços das ciências médicas e dos recursos que os espaciais remetem cá para a superfície.

Como eu sei disso tudo?

Bem, minha família é rica e poderosa e decidiu não abandonar o barco da biosfera terrestre. Ao menos, não por enquanto. Para bem e para mal.

Como narrador que se esforça para ser confiável, vejo-me na obrigação de revelar que meus pais não tomaram essa decisão de permanecer na Terra por mero idealismo. Longe disso. Creio que, bem lá no fundo de suas consciências, eles ainda acreditam que aqueles ambientalistas e climatologistas de suas infâncias estavam exagerando em seus prognósticos pessimistas. Por isso, mesmo depois que o mar subiu e inundou boa parte do Rio, em vez de emigrarem logo para um daqueles novos cilindros de O'Neill gigantescos ou, pelo menos, mudarem para o interior do país, limitaram-se a comprar uma mansão na Gávea Pequena, praticamente enfiada dentro do Parque Nacional da Tijuca. O pior cego é aquele que se recusa a enxergar.

– Mesmo se as calotas polares da Terra desaparecerem – meu pai se jactou com os amigos, incentivando-os a adotar estratégias similares —, estaremos em segurança aqui.

De fato. Mesmo se e quando toda a água doce hoje congelada for parar dentro dos oceanos, seu nível jamais chegará a esta altitude. Portanto, estou seguro de que não morreremos afogados. Porém, imagino que, quando a hecatombe ambiental descambar para holocausto global, não faltarão formas de morrer e poucas delas serão agradáveis.

Hoje sei que meus pais não advogaram a doutrina da Permanência movidos pelo idealismo. Porque, desde jovens, os dois aumentaram em muito o vasto patrimônio da família especulando com os males resultantes da hecatombe ambiental.

Só que, ou muito me engano, ou esta época das vacas gordas está acabando. Vejo trocas de olhares durante as refeições e indícios nos holonoticiários. Sem falar nos murmúrios e insinuações nos diálogos de meu pai e minha mãe.

Creio que ainda há tempo de emigrarmos para um habitat nas órbitas baixas. Temo que daqui a uns dois ou três anos será tarde.

Já tentei argumentar com meus pais. Quando a degradação ambiental piorar e a situação se tornar realmente insustentável, não duvido nada que os espaciais cerrem as portas da emigração nas nossas caras. Até porque não haverá lugar para todo mundo lá em cima. Sabem o que eles responderam?

– É lógico que não haverá, meu filho. Só que você esquece que os Mendonça não são "todo mundo" e, pelo visto, você anda lendo demasiadamente ficção científica.

Não me preocupo só comigo e com meus pais. Também há meus irmãos mais novos: Ana Carolina e Carlos Eduardo. Isso para não falar dos meus amigos.

Minha mãe diz que minhas preocupações desproporcionadas se devem ao tratamento para aumentar a inteligência a que fui submetido no início da gestação. É possível que esteja certa. Porém, não do jeito que ela imagina. O problema é que, com essa inteligência, em tese elevada, consigo preencher certas lacunas. Ligar os pontos, por assim dizer. E, com os pontos escuros devidamente iluminados, consigo perceber certas consequências que meus pais simplesmente não atinam.

Talvez eu esteja realmente preocupado demais para um moleque de pouco mais de dez anos. Só que me sinto muito puto por ser obrigado a viver num planeta completamente fodido pela geração dos meus pais e pelas anteriores.

O pior disto tudo é que não há nada que eu possa fazer para mudar este cenário pré-apocalíptico.

1
Veneza carioca

– Quem está a fim de dar um pulinho em Veneza? – Iron Mike convida com o pescoço esticado para fora da vigia aberta do anfíbio. – Vou descer para lá agora.

– Tá falando sério? – À beira do campo de futebol, apoio o pé sobre a bola em vez de rebatê-la de volta para Carol.

– Claro. – O chefe da nossa segurança abre um sorriso largo no rosto moreno. – Foi a mãe de vocês que sugeriu.

– Oba! – Em três passinhos de pirralho, Carlinhos cruza a linha lateral e sai do gramado. É o primeiro a se esgueirar para dentro do blindado pela escotilha lateral, mal esta se destaca no costado negro do veículo.

– Não sei se quero visitar aquelas ruas inundadas de novo. – Minha irmã Carol faz doce, uma de suas especialidades. – Aqueles prédios caquéticos me dão calafrios.

– Então, fica aqui. – Toco a bola de lado para ela e mergulho escotilha adentro. – Eu e o Carlinhos vamos explorar os rios e cânions da Zona Sul.

– Tem certeza de que não quer mesmo ir, Carolina? – Iron Mike pisca o olho para a fedelha.

– Ah, tá bom. – Ela entra na cabine de passageiros do anfíbio e se instala num dos assentos livres junto à escotilha oposta. – Mike, liga as holovigias.

– Com prazer, princesa. – Assim que a escotilha e a vigia se fecham, ele ativa o holo. O teto e as superfícies laterais do anfíbio adquirem aparência de janelas panorâmicas transparentes. Cintos de segurança emergem das anteparas e se enrodilham protetores em torno de nossas cinturas e troncos. – Prontos?

– Demorô. – Carlinhos diz, abusando de seus direitos de caçula.

Carol franze o nariz arrebitado. Só que ela tem razão desta vez, para variar: o pai e a mãe vivem torrando nosso saco, afirmando que devemos manter "o domínio pleno da norma culta da língua". Sempre. Mesmo quando falamos entre nós três. Nosso irmão está farto de saber disso e farto de tomar esporro por não cumprir as determinações paternais também. Mesmo assim, não se emenda.

O anfíbio desliza em silêncio ao largo do gramado, entra na ruazinha pavimentada em frente à mansão e segue por mais de cem metros, até alcançar os portões, que se abrem sozinhos para nos deixar passar. Então, dobra na via asfaltada repleta de curvas e segue até a Estrada da Canoa, por onde descemos até São Conrado.

Nos últimos metros da Canoa, o anfíbio se converte numa lancha blindada potente, para enfrentar as ondas mansas de águas castanhas que cobrem boa parte deste bairro. Olho em volta. Todos os prédios da vizinhança parecem abandonados. Só que, segundo Mike, que costuma conduzir meus pais por ali à noite, há gente morando em alguns deles. Daí, viramos à esquerda e passamos em frente à Rocinha. A favela permanece habitável. Praticamente incólume ante a elevação do nível do mar decorrente do aquecimento global. Os casebres das ruas mais baixas submergiram na água e no lodo, mas o grosso da população sobreviveu e prosperou, mantendo-se firme em suas posições. Dezenas de lanchas pequenas circulam ao redor das descidas principais da comunidade.

Prudente, Iron Mike guina à direita e acelera. Mantemos uma relação amistosa com as lideranças da favela e elas conhecem o nosso veículo. Porém, nunca se sabe. É melhor não arriscar. Por isso, o anfíbio se afasta da Rocinha em direção à encosta do Vidigal. Quando passamos entre os prédios semiabandonados de São Conrado, viro para trás e contemplo a esteira comprida de espuma amarela produzida por nosso veículo na água marrom-cocô desta nova orla.

– Antigamente, havia um túnel ali. – Mike aponta para um trecho do morro com a mão esquerda. – A gente o cruzava para chegar à Zona Sul.

– De lancha? – Carlinhos tenta vislumbrar a entrada do túnel submersa a um metro de profundidade. Se estivéssemos na maré baixa, talvez desse para ver a curva superior da boca dessa caverna semialagada.

– Não, rapazinho. – Iron Mike abana a cabeça, divertido. – De carro mesmo. Aqui era terra firme antes de o mar subir e tomar conta.

Pegamos a Niemeyer. Nos trechos mais altos desta via, o anfíbio externa suas rodas e se transforma em automóvel outra vez. Ao fim desta estrada irregular, recolhe as rodas à prova de bala e vira lancha de novo, quando descemos para o que costumava ser a Delfim Moreira.

Contemplo os prédios da antiga orla. A maioria com água a meio do segundo andar. Alguns, ainda ocupados. Uns poucos vieram abaixo. Meu pai conta que, quando eu nasci, mais de dez anos atrás, os apartamentos da Delfim Moreira que faziam frente para a orla do Leblon ostentavam o metro quadrado mais caro do Brasil. Hoje em dia, quase todo mundo que podia sair daqui já deu no pé.

Meus irmãos observam os prédios espetados na água suja tentando visualizar o passado glorioso desses edifícios a partir da decadência atual, com expressões embasbacadas bem afiveladas em suas faces. São mais novos do que eu: Carol está com oito anos e Carlinhos com seis. Mais inocentes, também. Até porque, ao contrário de mim, não têm a recordação vaga de caminhar pelas areias mirradas da Praia do Leblon com nossa mãe. Era de manhã bem cedo. O Sol acabara de nascer e já fazia um calor danado. A praia estava quase deserta. Mesmo assim, lembro de vários agentes de segurança ao nosso redor. O mais impressionante era que a faixa de areia distava coisa de cinquenta metros dos prédios que agora estão com água salgada pelo segundo andar.

Iron Mike acelera o anfíbio e se aproxima dos prédios. Vasculha o holocubo do painel de controle com olhar profissional. Sinal de que sente uma ponta de preocupação com nossa segurança. Há registros de ataques a lanchas e anfíbios disparados dos topos dos edifícios. Porém, tanto quanto eu saiba, nenhuma ocorrência recente.

– Aonde estamos indo? – Carlinhos mantém o olhar fixo na fileira de prédios decrépitos.

– Passear em Copacabana. – Iron Mike solta uma risada para dissipar a tensão. – Nova Veneza, né?

– E o que mais? – Carol me pisca o olho para deixar claro que não é mais criança e, portanto, sabe das coisas.

– Garota esperta. – O segurança abana a cabeça com um sorriso franco afivelado aos lábios. – Vamos buscar uma encomenda para seus pais.

– Aposto que é uma encomenda importante. – Quando Carol se esforça em bancar a menina-prodígio, sua voz fina costuma soar ainda mais pernóstica do que o habitual. – Ou mamãe não mandaria nosso chefe de segurança buscá-la. No entanto, não é uma missão das mais perigosas. Afinal, ela mesmo sugeriu que viéssemos contigo. – Pelo reflexo do retrovisor, minha irmã percebe que o condutor lhe dirige um olhar inquisitivo e retruca. – Como você falou, sou inteligente. E precoce.

– Tô sabendo. – Iron Mike arreganha uma careta bem-humorada.

– Nós três somos. – Carlinhos se mete no papo. – Papai e mamãe compraram pacotes genéticos para nós. Tecnologia espacial.

– Cala a boca, moleque. – Carol gira no assento e aplica um pescoção no caçula. – Mamãe já te disse mais de mil vezes para não comentar esse assunto fora da família.

– O Mike é da família. – Lanço um olhar de advertência aos dois pirralhos. – Como tal, ele já está farto de saber que nós fomos incrementados antes de nascer.

– Viu só? – Carlinhos reage com uma cotovelada e um sorriso triunfal.

– Parem de se atritar. – Procuro imitar o tom calmo e grave de nosso pai. Costuma dar certo. Porém, pelo sim, pelo não, desativo o cinto de segurança e me preparo para apartá-los na raça. – E não foi tecnologia dos espaciais coisíssima alguma.

– E se nós não pararmos? – Carol desativa seu cinto com um brilho de desafio nos olhos azuis. – Vai contar à mamãe?

– Não. Só vou lhes aplicar uns sopapos disciplinares e pedagógicos.

– Calma aí atrás. – Iron Mike volta a nos monitorar pelo retrovisor. – Crianças inteligentes não brigam à toa.

– Você é que pensa. – Minha irmã reativa o cinto com um sorrisinho sarcástico no rosto.

Incrível como essa garota faz questão de dar sempre a última palavra.

◆

Nossa tão decantada inteligência superior.

Com a civilização global terrestre indo para a cucuia, nossos pais resolveram conceder à prole a chance de um futuro promissor. Quem sabe, num habitat das órbitas baixas, quando formos adultos? Por isso, torraram uma grana preta para adquirir três kits de reprogramação pré-natal e os empregaram no primeiro mês de nossas gestações, para que nos tornássemos mais inteligentes e mais saudáveis. Nossos sistemas neurológicos e imunológicos foram returbinados em pleno útero materno, por assim dizer. Assim, quem sabe, poderíamos competir, em tese de igual para igual, com os jovens espaciais e selenitas.

O problema é que Luna e as comunidades espaciais também empregam kits de gengenharia similares para estimular os intelectos dos seus rebentos e os kits deles são melhores do que os produzidos aqui embaixo. E, pelo que ouvi dizer, sua aplicação é universal.

De qualquer maneira, tornamo-nos inteligentes a ponto de não podermos cursar as classes normais das nossas faixas etárias. Esse impedimento não constituiu grande problema, pois os melhores colégios criaram turmas especiais para alunos incrementados e, ao contrário do que ocorria na época dos nossos pais, a parte presencial do ensino agora se limita a um dia de aula por semana.

Quase todos os nossos amigos e colegas também são incrementados. A exceção é o pessoal da pelada, que vem lá da Rocinha. A galera da comunidade não é modificada, mas os caras são legais e me aceitam numa boa, quase sem discriminação.

Nossa mãe julga que o tratamento com os kits de reprogramação funcionou a contento para mim e para a Ana Carolina, mas não no caso do Carlos Eduardo. Não que ele não tenha sido incrementado. Até foi. Só que, pelo que ouvi a mãe cochichar ao ouvido de nosso pai, o resultado final teria ficado aquém do esperado. Ele sempre discordou dessa tese. Nutre a convicção profunda de que o tratamento resultou em êxito completo para nós três.

Não sei.

Às vezes acho o Carlinhos meio teimoso e bobão. Mas, de repente, é só porque ele é um caçulinha mimado de seis anos.

◆

– Segurem-se, meninos. – Iron Mike faz o anfíbio executar uma guinada acentuada à esquerda. – Preparem-se para entrar na Figueiredo de Magalhães.

– É esse rio grandão aí na frente? – Carlinhos aponta *através* das holovigias.

– Esse mesmo – Mike sorri. – Costumava ser uma rua bacana até uns dez anos atrás.

– Bacana. – O caçula repete, com cara de quem estranhou o termo antiquado.

O anfíbio ingressa no rio que já foi uma rua ladeada de prédios altos dos dois lados. Seguimos por uns cem metros por esta via aquática. Cruzamos uma transversal mais estreita e percorremos outra extensão similar nesta via de águas turvas e cheiro de peixe podre. Felizmente, o odor é imperceptível no interior do veículo, pois o Mike não é nem maluco de ativar os filtros externos. Então, no *quarteirão* seguinte da tal Figueiredo de Magalhães, enfim nos aproximamos da antiga artéria principal deste bairro da Veneza Carioca.

– Avenida Nossa Senhora de Copacabana. – Iron Mike anuncia com voz de guia turístico de holo antigo. – Coração comercial do segundo bairro mais notório e mais carioca do Rio pré-hecatombe ambiental.

– Qual é o primeiro? – Carlinhos indaga de farra, pois já sabe a resposta de cor.

– Minha amada Tijuca, é claro. – Bola quicando na pequena área, Mike não resiste em ripostar de bate-pronto.

– Prefiro mil vezes a nossa Gávea Pequena. – Carol declara, peremptória.

– *Desig* dois sete zero. – Iron Mike murmura entre os dentes. – *Prop* em três ponto cinco.

O anfíbio acelera e dobra à esquerda – "bombordo", segundo

Mike – penetrando com velocidade elevada nesta antiga via comercial. Não percebo movimento nas janelas dos prédios, mas esta via, rua ou rio possui iluminação pública funcionando e um trânsito razoável de lanchas e *jet skis*, que cortam a esteira amarelada do nosso veículo, subindo e descendo a Nossa Senhora de Copacabana como se não houvesse amanhã. Isso sem falar na miríade de embarcações miúdas atracadas de qualquer maneira em píeres improvisados, chumbados de forma precária às janelas e paredes dos prédios.

Nossa lancha blindada se desloca célere. Por questão de cautela, os outros barcos se desviam de nós.

Este cenário inóspito de prédios altos colados uns nos outros em ambas as margens deste rio caudaloso de águas marrons me impressiona um bocado. Lógico que não admitirei nada disso na frente dos meus irmãos. Não desejo atemorizar os pirralhos.

Via? Rua? Avenida? Esta Nossa Senhora de Copacabana se parece com um dos cânions pós-apocalípticos dos hologames de horror que meus pais não gostam que eu jogue.

– Não sei como esses edifícios não vêm abaixo. – Carol ergue a cabeça para observar a faixa larga de céu azul entre as bordas do cânion.

– A prefeitura vem tentando obrigar os moradores a pagar pelos serviços de escoramento e impermeabilização. – Iron Mike franze o cenho. – Mas vocês sabem como é, não? Cedo ou tarde, esses prédios vão desabar.

– Falta muito, Mike? – Carlinhos resmunga com a voz melosa que costuma empregar quando pretende obter vantagem de um adulto. – Este passeio está ficando chato.

– Estamos quase chegando.

De fato.

Em menos de um minuto, nosso chefe de segurança reassume o comando manual. Coloca o anfíbio em ponto morto e ativa o retropropulsor com um totozinho para frear o veículo.

– Por que paramos aqui? – Carol fita o semblante calmo do nosso guia pelo retrovisor.

– Chegamos ao ponto de encontro combinado. – Mike mantém o olhar fixo no holocubo do computador de bordo.

– Aqui? – Carlinhos olha ao nosso redor. – No meio deste rio?

Então, em questão de segundos, um drone de carga mergulha do topo de um prédio alto, até pairar dois metros acima de nós. O holocubo emite um bipe de confirmação. Mike ativa um controle e a escotilha do compartimento traseiro desliza para dentro da carcaça do veículo. Dois braços robóticos flexíveis se estendem até a plataforma do drone maciço e agarram o engradado negro de plastiaço recém-liberado, trazendo-o para dentro do anfíbio. A escotilha fecha com um chiado quase imperceptível.

– Prontinho. – Iron Mike assobia seu trecho favorito de uma marchinha alegre dos seus tempos de garoto.

– O que há dentro desse engradado enorme? – Carol desativa o cinto de novo, vira para trás e se põe de joelhos no assento a fim de olhar através da vigia que dá para o compartimento de carga do anfíbio. – Aposto que veio lá das órbitas baixas.

– É coisa dos seus pais.

– Tecnologia espacial. – Carlinhos volta à carga com sua ideia fixa.

– Pode até ser. – Iron Mike suspira fundo. – Quando voltarmos para casa, vocês perguntam para eles.

– Isto quer dizer que você ignora o conteúdo real do engradado. – Carol insiste.

– Pois é. – Escaldado com nossos truques psicológicos pueris, o segurança não reage à provocação.

– Essa encomenda deve ter vindo mesmo do espaço. – Comento, fingindo indiferença. – Ninguém aqui na Terra ou até mesmo em Luna desperdiçaria tanto plastiaço de alta qualidade num simples engradado.

– Não imaginei que você fosse um especialista em plastiaço, Ricky. – Iron Mike solta uma risada.

– Ricky é um tremendo metido, isso sim. – Carol dispara à queima-roupa.

Antes que eu possa ripostar, ouvimos três estrondos em rápida sucessão acima do anfíbio.

– Deu ruim. – Carlinhos forceja para levantar do assento, só que se esquece de abrir o cinto.

– Estamos sob ataque? – Carol guincha num tom agudo insuportável. – Faça alguma coisa, Mike!

– Calma, crianças. – Iron Mike mantém o olhar pregado no holocubo que se projeta do painel do veículo. Há um monte de informação gráfica multicolorida jorrando dali, mas não consigo visualizar direito do meu assento. – Foi só um morteiro disparado de um terraço a três prédios de distância.

– Disparado contra nós? – Carlinhos entra na onda da Carol.

– Não. – Digo, engolindo meus próprios receios para tranquilizar os pirralhos. – Dispararam o morteiro para avisar alguém de alguma coisa. Só isso. Se duvidar, esse morteiro foi para avisar que nosso engradado já foi entregue.

– Exato. – Iron Mike assente com um gesto enfático. Embora a catarata de dados tenha parado de turbilhoar no holocubo dos sistemas de armas, ele mantém o olhar fixo nos informes das rotinas de inteligência artificial do anfíbio, mas já retirou a mão do coldre da automática. – Não teve nada a ver conosco.

– Vamos voltar para casa. – A voz da minha irmã soa trêmula dentro da cabine espaçosa do veículo. – Este lugar arruinado me dá arrepios.

– Pois não, princesinha. – Mike ativa a turbina do propulsor e o anfíbio acelera fundo, executa uma guinada pronunciada e corta a água suja a menos de dois metros da proa de uma lancha de casco comprido, cujo condutor não se faz de rogado e aciona a buzina num tom estridente. Mike sorri da ira impotente do condutor, mas não esboça reação. – Seu desejo é uma ordem.

O anfíbio avança, guina na primeira via aquática a bombordo e nos conduz para fora desses cânions de concreto.

◆

Como de hábito, almoçamos com nossos pais na mesa comprida do salão térreo da mansão. Cherne ao molho champanhe regado por um Borgonha branco. Sucos de tangerina e kiwi para nós três. Apesar de não nos interessarmos minimamente por vinho, nossos pais nos garantem que apreciaremos a bebida dentro em alguns anos. Da minha parte, mal posso esperar. Só que não. Cada coisa a seu tempo.

Após o almoço, o pai e a mãe voltam aos seus afazeres habituais em seus respectivos estúdios. Cada um trabalha no seu, mas os dois são geminados e, não raro, transformam-se num só. Por sua formação acadêmica, em geral a mãe prefere gerenciar os negócios da família ligados às áreas de alta tecnologia. Enquanto isso, o pai cuida das partes financeira e jurídica dos negócios, atuando como administrador geral do império econômico dos Mendonça. Pelas frases crípticas trocadas durante o almoço na esperança de que não entendêssemos, intuo que o pai se reunirá nesta tarde por holopresença com um grupo de senadores da comissão de política extraterrestre do Senado da União Sulina – as querelas habituais com as megacorps das comunidades espaciais e selenitas. Já a mãe acompanhará os testes e diagnósticos desse brinquedo misterioso que fomos buscar ainda há pouco lá na Veneza Carioca.

Antes de começar meus estudos, como quem não quer nada, dirijo-me à sala de recreação. Há vários funcionários de folga ali. A maioria entretida com jogos eletrônicos diversos. Exceto por Iron Mike. Nosso chefe de segurança assiste ao *replay* de uma partida de futebol no holotanque. Botafogo 1 x 0 Fluminense. O jogo foi disputado ontem à noite no Quitandão, estádio do Consórcio Carioca erigido em Petrópolis. Sei disso porque o pai, tricolor doente, convidou a mim e meus irmãos para assistir a partida ao vivo com ele ontem após o jantar no grande holotanque do salão. Declinei, pelo fato de que, embora também tricolor, não sou tão fanático quanto ele e, portanto, preferi vivenciar uma interatividade de aventura e depois me conectar com os amigos a partir do holotanque do meu quarto. Tenho a impressão de que o Carlinhos assistiu à peleja com ele. Como caçula, ainda está nessa fase de puxa-saquismo irrestrito.

Alvinegro desde criancinha, Mike não deve ter visto o jogo ontem à noite. Porque, quando Júlio estica a perna esquerda e toca para as redes da linha da pequena área, marcando o único gol da partida aos vinte e quatro minutos do primeiro tempo, vibra como se o jogo fosse ao vivo.

– Esse Júlio é mesmo um predestinado – aponto para o centroavante que corre para junto da torcida e comemora o tento marcado. – Assim, vai se tornar artilheiro do Carioca de novo. A bola parece procurá-lo no campo de ataque. Só falta ela acertá-lo sem querer e se desviar, tirando o goleiro da jogada, antes de estufar a rede.

– Ah, isso já aconteceu umas duas ou três vezes. Talvez pelo fato de ele se colocar muitíssimo bem. – Iron Mike abre espaço no sofá e gesticula, convidando-me a sentar ao seu lado. – Não quer assistir a este jogaço comigo?

– Nem pensar. Sabemos que não haverá mais gols nesta pelada.

– É verdade. O Fluzão vai perder mesmo.

– Já perdeu. – Pisco o olho ao me sentar ao lado dele. – A partida acabou ontem à noite e eu preciso estudar Física.

– Sei como é. Física nunca foi o meu forte. – Abre um sorriso de cumplicidade. – Porém, de todo modo, primeiro as obrigações.

– Pois é. – Libero um suspiro resignado. – Se bem que é só por uma horinha.

– Enquanto fazemos a digestão. – Mike afaga o estômago sarado com ar satisfeito. – Por falar nisso, aquele cherne estava divino. *Maestro* Luigi se superou outra vez.

Essa é uma das coisas que admiro em meus pais. Podem até ser uns capitalistas muquiranas, desalmados e filhos da puta. Porém, aqui em casa, patrões e empregados compartilham da mesma comida, invariavelmente preparada com competência magistral por nosso *chef*, Luigi. Quer dizer, compartilham quase tudo. A exceção reside nas raridades da nossa adega. Aposto que, em vez do Borgonha, o Chardonnay dos empregados foi um gaúcho de boa cepa mesmo.

Claro que o Botafogo x Fluminense é só um pretexto. Pois, ao longo da partida, eu e Iron Mike mal prestamos atenção ao que se passa no gramado, que cintila verdinho ao fundo do holotanque. Papeamos o tempo todo. Sobre política terrestre e orbital. A arrogância das estirpes espaciais. A situação ambiental caótica da Terra. As lembranças boas e ruins dos tempos dele como fuzileiro naval na Guerra da Amazônia. As novas da nova pandemia. Meus amigos do colégio. Além de diversos tópicos menos cotados.

2
Revelação no jantar

Sentada à mesa, pouco antes do jantar, após um brinde de vinho tinto para nossos pais e de suco de laranja para nós três, com fisionomia satisfeita, a mãe anuncia o conteúdo do engradado que fomos buscar hoje cedo lá em Copacabana:

– É um programa tutor. A partir da semana que vem, ele assumirá as funções dos professores do colégio.

– De todos os professores? – Carol fita nossa mãe com as sobrancelhas arqueadas, parte da expressão de cepticismo que costuma ensaiar defronte ao espelho.

– Isso mesmo. – O sorriso da mãe fulge por trás da taça de vinho.

– E o colégio? – indago, já desconfiado de qual será o teor da resposta.

– O colégio anda cogitando seriamente fechar as portas no ano que vem. – O pai explica no tom tranquilo de quem já esperava por essa falência em particular. De fato, ele e mamãe já haviam comentado que o colégio não ia bem das pernas. – Portanto, resolvemos nos antecipar, a fim de evitar o pior.

– Mas, essa inteligência artificial, ela conseguirá... – Carol insiste.

– Consciência artificial. – A mãe interrompe com um sorriso eufórico nos lábios. – Uma C.A. fabricada em Luna.

– Tá. – engulo em seco. Conforme os próprios espaciais admitem, só os selenitas conseguem fabricar programas dotados de autoconsciência. Esse professor artificial deve ter custado os olhos da cara, ou doutro lugar, onde, sob condições normais, o Sol não banha. Uma autêntica fortuna, mesmo para um casal tão rico quanto nossos pais. – Esse programa dará conta do recado sozinho para nós três?

– Com facilidade – a mãe assente. – Pelo menos, é o que nossos intermediários espaciais nos asseveram. Os diagnósticos preliminares que rodei hoje à tarde indicam que os intermediários não exageraram.

Humm. Intermediários espaciais. Isto explica o plastiaço do engradado.

– Mas e os nossos amigos? – Carol faz cara de amuada. O pior é que nem posso culpá-la desta vez.

– Conversamos com os pais ou responsáveis da maioria. – O pai exibe o sorriso lupino de quem se vê prestes a auferir lucros vultosos. – Estejam a postos. Pois, a partir de amanhã cedo, seus amigos virão buscar os kits deles.

– Naturalmente, a central de controle do tutor permanecerá aqui em casa. – A mãe pisca o olho azul para nós.

– Caramba. – Presto uma vênia sincera aos nossos progenitores. Incrível como, depois de uma década de convívio, ainda conseguem surpreender. – Vocês não dão ponto sem nó.

– Acho que não ouvia essa expressão desde que eu tinha a sua idade. – O pai ergue sua taça num brinde tácito. – É isso mesmo. Nós, os Mendonça, não damos pontos sem nó.

– Vocês falaram com os pais da Isabela e do Julio Cesar? – Carol me fita com um brilho de malícia no olhar. – Porque o Ricky é doidinho pela Isa.

– Ao que me consta – riposto, com as bochechas formigando —, você é que arrasta uma asa de condor pelo Julinho.

– De condor, não – Carlinhos solta uma risada. – De pteranodonte.

– Calma, crianças. – Sorridente, a mãe ergue a mão livre num gesto conciliador. – Sim, nós falamos com os pais deles. Os Alves Martins toparam incluir seus filhos na parada. – Então, encara nós três com ar sério. – Amanhã vocês poderão trocar ideias com seus amigos sobre essa novidade. Agora o jantar será servido e desejo que comamos em família e em paz.

Até parece que a mãe não nos conhece. É tudo pose. Como se ela realmente julgasse que vamos esperar até amanhã. Assim que engolir o último naco de pudim de leite da sobremesa, vou subir correndo até meu quarto e holar para a Isa, o Antônio e o Geraldo, quer dizer, a Gisela, para falar sobre esse programa tutor. Precisamos planejar nossa estratégia direitinho a fim de nos adaptarmos a essa bruta mudança.

◆

– Ativar – determino ao holotanque do meu quarto mal cruzo o umbral da porta.

O tanque acende. O logo do fabricante chinês explode num arco-íris de cores irritantes. E pensar que já me empolguei com essa inicialização espalhafatosa.

"Súmula do noticiário." – O gerente doméstico assume o controle do dispositivo com seu tom monocórdio habitual.

Não adianta. O maldito controle parental ataca outra vez. Nossos pais decidiram que seus rebentos devem manter-se sempre muito bem informados. Daí, sempre que ativamos o holo para assistir a um programa qualquer, conversar com alguém ou acessar a rede, antes de fazer o que realmente desejamos, somos obrigados a ouvir a súmula das notícias mais importantes. Não que precisemos assisti-las em pleno. Pois isto seria tirania demais. A não ser que desejemos assistir à notícia, é lógico. Mais um dos truquezinhos pedagógicos motivacionais dos nossos pais. O próprio gedo seleciona as notícias mais relevantes a partir das preferências de nossos pais, das nossas e dos índices de audiência da rede mundial.

– Vamos a isso. – Quanto mais cedo começar essa merda, mais cedo estarei liberado para holar para a galera.

"A Base Comandante Ferraz acaba de registrar novo recorde de temperatura na Antártica. Assistir?"

– Depende. De que temperatura estamos falando?

"Trinta e um vírgula sete graus Celsius. Assistir?"

O que esses climatologistas manés esperavam? Auge do verão do Círculo Polar Antártico em tempos de aquecimento global desenfreado. Efeito Estufa descontrolado. Há até planetologistas temerosos de que a Terra vire uma segunda Vênus.

– Não. Próxima.

"Climatologistas do habitat orbital Hileia afirmam em estudo recém-divulgado que os ecossistemas da Floresta Amazônica prosseguem em sua escalada de degradação ambiental oito anos após o fim das hostilidades na região entre os Aliados e a Federação. Assistir?"

E alguém em sã consciência supôs que a floresta se curaria sozinha de todas as mazelas resultantes das ações de guerra perpetradas em seu interior?

– Próxima.

"Líderes das comunidades das Órbitas Baixas reafirmam alinhamento pleno aos termos da Declaração do Segundo Congresso de Cidadãos do Espaço de 2076. Assistir?"

Os governos terrestres e a ONU podem vociferar o quanto quiserem. Podem até emitir saraivadas de notas de protesto infrutíferas. Os habitats orbitais dos espaciais e as cidades sublunares dos selenitas foram construídos com recursos de pessoas físicas e entidades jurídicas privadas. Portanto, nós terrestres podemos tirar nossos foguetinhos dessa chuva de meteoros, porque os espaciais não converterão seus lares e santuários em meras colônias da Mãe Terra, mesmo em troca de assentos no Conselho de Segurança Estendido, na Assembleia Geral da ONU ou coisa que os valha. Eles já se declararam independentes da Terra há quase duas décadas, não foi? Por que diabos voltariam atrás?

Os governos dos novos superblocos até cogitaram a hipótese de atitudes retaliatórias. No entanto, foram dissuadidos do emprego da força e da pressão econômica por um punhado de megacorporações extremamente influentes tanto na Terra quanto no Espaço. Como a vasta maioria dos recursos necessários à concretização de manobras eventuais de retaliação repousa sob o controle dessas referidas megacorps e, portanto, acham-se abrigados no espaço profundo, bem longe do alcance governamental terrestre, os líderes políticos da União Sulina e da Federação Ocidental se veem de mãos atadas e vão acabar por reconhecer a inviabilidade de qualquer medida punitiva para frustrar os planos de autonomia das comunidades humanas extraterrestres. Além disso, os líderes federados e unionistas decerto recordam o que aconteceu no único confronto travado contra as comunidades espaciais dezenove anos atrás. Imagino que tenham aprendido a lição.

– Próxima.

"Desertificação avança na África e na Ásia Central. Assistir?"

– Próxima.

"Produto Interno Bruto Global cairá pelo décimo quarto ano consecutivo, afirmam os economistas da Federação Ocidental. O diretor do Fundo Monetário da União Sulina discorda desse prognóstico pessimista. Assistir?"

Previsões sobre a economia global agonizante? *¡No way, José!*

– Próxima.

"Novo surto de vírus mutante identificado na China. O SARS-CoV-37 apresenta taxas de letalidade sem precedentes. O número de mortos já chegou a mil, duzentos e onze pessoas. Os infectados podem passar de cento e cinquenta mil. A Organização Mundial de Saúde..."

– Salvar e prosseguir. – Mais dia, menos dia, um desses surtos vai acabar se revelando importante da pior maneira possível.

"Súmula concluída. Você assistiu a zero notícias. Uma notícia armazenada para exibição futura. Dispositivo liberado."

Até que a sessão desta noite não foi das mais sacais. Enfim, posso falar com a galera sobre o tal tutor artificial que deveremos aturar a partir da próxima segunda-feira.

◆

Assim que Isabela se materializa do outro lado da superfície do meu holotanque, sentada numa poltrona high-tech, Toinho a brinda com um de seus olhares apreciativos irritantes. Então, gira a banqueta trípode de pés compridos na minha direção.

– Agora que sua queridinha já chegou – ele abre o sorriso reluzente, iluminando suas faces escuras —, desembucha logo, Cabeção.

É. Meus amigos do colégio me deram esse apelido idiota quando éramos menores. Não que meu crânio seja significantemente maior do que os deles, mas, enfim, finjo que não é comigo. Porque sei que, se me emputecer, aí é que eles vão encarnar mesmo.

Tomo fôlego ao contemplar meus três melhores amigos. Cada um deles em seu quarto, na segurança de sua mansão. Nós quatro juntos, graças à integração de ambientes simulados dos nossos holotanques.

– Não sei se seus pais lhes contaram, mas, a partir da semana que vem, não iremos mais para o colégio. – Anuncio, após resolver começar pela parte boa da notícia.

– Meus pais me falaram. – Isabela me encara, ainda sorridente com a tirada sem graça do Toinho. – Um programa tutor, não é?

– Não tô sabendo. – Nosso amigo retinto confessa, aborrecido. – Meus pais não estão no Rio e não se deram ao trabalho de holar para me contar. – Abana a cabeça com expressão resignada. – É sempre assim.

– Não é um simples programa. – Gisela me dirige um olhar comprido. – Mas sim uma consciência artificial.

Observo minha amiga trans. Há um lado meu que ainda sente saudades do Geraldo. Não sei como externar esse sentimento de perda sem parecer transfóbico.

– Isto mesmo, Gi – reconheço sem graça. – Uma consciência artificial de verdade, fabricada em Luna e comercializada pelos espaciais.

Comercializada não é bem o termo. Contrabandeada estaria mais perto da realidade.

– Fabricada ou educada? – Isa encara o menino que virou menina. – Porque minha mãe falou que os modelos mais avançados de consciências precisam ser ensinados. Como nós.

– Só espero que seja uma tutora e não um tutor. – Toinho dirige uma mesura de desculpas à amiga cis.

– O mesmo Antônio Tarado de sempre. – Os cachinhos encaracolados de Isa ondulam quando balança a cabeça com um gesto de decepção fingida.

– Que culpa tenho de ser precoce? – Ele dá de ombros com um sorriso sacana nos lábios.

– Creio que a consciência pode se apresentar sob qualquer forma humana que escolher. – Gisela nos lança um olhar tímido. – Poderia até aparecer como um golfinho, um alienígena, sei lá.

– Caramba. – Isa fita a outra menina. – Espero que essa consciência se manifeste sob forma humana.

– E feminina. – Toinho arremata. – O que você acha, Cabeção? Podemos colocar a questão do gênero dessa entidade em votação.

– Essa consciência artificial não consentirá que escolhamos o gênero e a forma do seu avatar. – Gisela exala um suspiro desanimado. – Se vocês ainda não entenderam, ela irá mandar na gente e não o contrário.

– Mandar na gente? – Toinho nos fita com cara de interrogação.

– Como assim? – Isa encara a outra.

– Por que a surpresa? – Gisela esboça um sorriso. – Não é o que os professores sempre fazem com os alunos? – Ante nosso pasmo, resolve elaborar. – Não importa que não seja orgânica. Essa consciência não é um programa recreativo. Tampouco um gerente pessoal. Ela foi adquirida com o propósito de nos ensinar. É lógico que mandará na gente.

– Exercício legítimo da autoridade. – Assinto, pensando em voz alta. – Postura tipicamente espacial.

– Essa consciência é selenita. – Isa recorda.

– É tudo a mesma merda. – Toinho engole em seco ante nossos olhares de censura. – Foi mal, gente. Mas insisto: espaciais ou selenitas, do nosso ponto de vista, os humanos extraterrestres não todos iguais.

O debate se prolonga por quase meia hora. Enfim, fartos do bate-boca, resolvemos vivenciar uma realidade virtual psicointerativa vintage produzida pelos espaciais: o holodrama *Escrava Isaura*. Toinho insiste em assumir a personalidade do antagonista, Leôncio Correia de Almeida. Segundo ele, um negro escravagista para, com a escrava branca, arrematar a quebra de paradigma. Só entendemos o que ele quis dizer duas horas e pouco depois, quando emergimos exaustos da RV. Fui Álvaro Santana dos Santos, o bem-amado de Isaura, encarnada pela Isa. Nossas personas trocaram uns bons beijões, mas pouco além disso. Senti-me um tanto estranho, mas também aliviado. Não sei como agiria se houvesse mais do que uns beijos na boca da Isa(ura). Porque, ao contrário do Toinho, creio que ainda não tenho idade para isso.

◆

Poucos meses após a declaração de independência transmitida pelo Segundo Congresso dos Cidadãos do Espaço, a ONU, os EUA, a Rússia, a China e a União Europeia (os superblocos terrestres ainda não existiam naquela época) entraram numa *vibe* de tentar colocar os rebeldes de volta aos seus devidos lugares. Daí, lançaram naves às órbitas baixas para reforçar as tripulações e o armamento das estações obsoletas sob seu controle, modificando os sistemas de lançamento de velhos mísseis termonucleares orbitais. Ah, também emitiram um punhado de ultimatos inócuos.

Então, um bólido de quase cem metros de diâmetro apareceu de repente nas telas de radar antiquadas das potências terrestres. À época, analista militar algum conseguiu explicar como um objeto daquele tamanho, deslocando-se a mais de cinquenta quilômetros por segundo, materializou-se assim do nada à altura da órbita da Lua, sem ter sido detectado com a antecedência devida.

Quarenta e cinco minutos mais tarde, os espaciais transmitiram coordenadas de latitude e longitude terrestres ao pessoal aqui debaixo.

Duas horas e pouco após a detecção, o meteorito atingiu a Terra. A cratera de impacto formada nas areias do Saara possui quase três quilômetros de diâmetro. Uma resposta para lá de contundente aos ultimatos terrestres. Ainda mais quando o impacto ocorreu nas coordenadas anunciadas com precisão aproximada de um quilômetro quadrado. As comunidades espaciais advertiram seus primos terrestres de que dispunham de outros meteoritos indetectáveis, caso desejássemos prosseguir com a brincadeira.

Após o breve caos político e diplomático que se sucedeu em nosso planeta, norte-americanos, russos, chineses, europeus e delegados da ONU concordaram em se sentar à mesa de negociações num habitat orbital escolhido pelos espaciais. Compreensivelmente, tais negociações se deram nos termos propostos (impostos) pelas comunidades extraterrestres.

Assim, além do reconhecimento formal de suas independências, os espaciais e selenitas receberam de mão beijada todas as instalações orbitais e lunares sobre as quais a Terra até então mantivera soberania.

3
Programinha metido a besta

O sábado amanhece ensolarado no Alto da Boa Vista. Eu e meus irmãos tomamos nosso café da manhã na copa e não na sala com nossos pais, pois eles determinaram que acordássemos mais cedo. Assim, estaremos à disposição para receber nossos amigos, seus pais e prepostos, que devem vir até nossa casa para buscar os kits de acesso ao programa tutor dos selenitas.

Não reclamamos por acordar cedo no fim de semana, pois sabemos que nossos amigos comparecerão para pegar os kits e registrar seus parâmetros físicos e mentais no tutor.

Iron Mike faz seu desjejum noutra mesa da copa. Nós três somos servidos por Inês de Castro, nossa copeira. Esse é o nome dela mesmo. Não o nome completo. Só que a mãe não resistiu e começou a chamá-la assim e a coisa pegou. O *chef* italiano Luigi se limita a preparar os pratos que o gerente doméstico determina. Portanto, ao menos nos desjejuns, não adianta pedir bacon com ovos mexidos, porque não vai rolar. O gedo insiste que esse tipo de comida não faz bem à nossa saúde. Carlinhos sempre pede uma guloseima proibida qualquer e Luigi sempre lhe pisca o olho com ar divertido, antes de dizer "não" em português com sotaque italiano. Incrível como meu irmão nunca desiste de solicitar cada dia um prato diferente, invariavelmente ausente das prescrições gastronômicas do nosso cardápio.

Enfim, encerramos a refeição e retornamos mal-humorados aos nossos quartos, aguardando a chegada dos amigos. O mau humor se deve à conclusão de que, afinal, não precisávamos ter despertado tão cedo assim. Iron Mike avisará a cada um para descer quando o amigo ou amiga respectiva chegar.

De acordo com meu gerente pessoal, Carol já havia descido duas vezes para recepcionar os amigos da classe dela quando nosso chefe de segurança manda o recado via gedo:

"O Senhor Padilha pede para avisar que o jovem Antônio Silva acaba de chegar."

Padilha, Miguel. Iron Mike.

– Avise que estou descendo.

"Aviso transmitido."

Desço pela escadaria. É mais rápido do que esperar o elevador. A geringonça eletromecânica do século XX só serve mesmo aos nossos pais e para mover bagagem para cima e para baixo. Passo pelo salão do térreo e saio do átrio para a varanda e daqui para o gramado defronte à construção principal. Iron Mike permanece sentado em mangas de camisa junto a uma mesa grande sob a sombra da mangueira frondosa que, ele insiste, possui mais de um século de idade. Cerca de vinte kits com tamanho e formato de um tijolo compacto empilham-se num dos cantos do tampo da mesa. Distribuídos ao redor do gramado em postos discretos e postura de alerta, seis outros agentes da segurança permanecem de pé em seus ternos pretos e submetralhadoras a tiracolo. *Men in Black*. Em condições normais, a equipe do Mike estaria mais focada na proteção do perímetro extenso do terreno da mansão. Como estamos recebendo visitas hoje, além da proteção habitual, há esse *plus* de segurança ostensiva. Lógico que boa parte da vigilância é executada pelos drones de ataque. Nossos pais se valeram de seus contatos militares para adquiri-los ao fim da Guerra da Amazônia.

Toinho está parado em frente à mesa. À sua volta, três guarda-costas de macacões camuflados, armados com escopetas, sem contar o motorista sentado no interior da limusine blindada.

– E aí, Cabeção? – Ele sorri quando se vira e percebe minha aproximação. Dentes reluzentes alvíssimos contrastam com seu rosto escuro. Veste um traje inteiriço colante impecável. Parecido com o meu, só que verde-musgo em vez de azul-marinho. – Vim fazer meu registro e pegar o tal kit-pesadelo.

– Fala, Toinho. – Levanto a mão espalmada. Ele ergue a dele e bate da minha, aceitando o cumprimento. – Pulou da cama cedo, né?

– Pois é. Meu pai quer que eu vá me encontrar com ele lá em Sampa depois de resolver essa parada aqui.

– Pena. Pensei que você talvez pudesse almoçar comigo e ficar até o resto da galera chegar.

– Bem que eu queria – ele pisca o olho. – Queria ver a Gisela e, sobretudo, a Isa ao vivo. – Solta uma risada. – Aquela menina está com uma bunda...

Engulo em seco. O bumbum da Isa cresceu um bocado no último ano. Mas, e daí? Bunda, todo mundo tem. É possível que eu comece a enxergar esse tipo de coisa doutro modo daqui a uns dois ou três anos. Por enquanto, ainda é cedo demais para me preocupar com o tamanho do traseiro da minha melhor amiga.

– Por sua empolgação, por um instante, cheguei a pensar que a Isa agora tivesse duas bundas.

– Cabeção, Cabeção. – A risada soa condescendente desta vez. – Tão esperto prumas coisas e tão lesado pra outras. – Diante da minha expressão de enfado, resolve mudar de assunto. – Vamos fazer o seguinte: assim que eu chegar em nosso apê lá em Sampa, conecto contigo e com quem mais estiver aqui.

– Combinado. – Faço um gesto convidativo em direção à mesa.

– Grande Iron Mike. Como vai, amigão? – Toinho vira para o nosso chefe de segurança. – O que você tem para mim hoje?

– Muito bem, Antônio. – Mike gesticula em direção à pilha de tijolos. – Vamos lá. Primeiro o kit. – Estende um dos paralelepípedos. O guarda-costas mais próximo estende o braço, fazendo menção de pegá-lo, mas meu amigo se antecipa e o recebe de suas mãos.

– Pesadinho, né? – Sopesa a embalagem que contém o kit de conexão. – Procedimento padrão?

– Exato. – Iron Mike sorri ao garoto. – Quando você romper o lacre da embalagem, o kit projetará o holo autoexplicativo.

– *Idiot-proof*, Toinho. – Pisco o olho. – Até você entenderá quando seu gepê repetir o holo pela quinta vez.

– Fica fresco, Cabeção. Se você entendeu, é porque é à prova de idiota mesmo.

– Por favor, Antônio. – Iron Mike aponta para um disco metálico de doze centímetros de altura e oitenta de diâmetro. – Deixe o kit sobre a mesa e suba na plataforma.

Toinho troca um olhar desconfiado comigo. Passa o kit às minhas mãos e então sobe no dispositivo. Um cilindro transparente emerge da circunferência do disco e se eleva até alcançar mais de dois metros de altura. O aparelho varre meu amigo dos pés à cabeça com jatos intermitentes de luz rosada.

– Demora muito? – Toinho contempla nosso chefe de segurança com olhar confiante.

– Já acabou. – Mal a boca de Iron Mike se fecha, as luzes se apagam e o cilindro desaba, ocultando-se no interior do disco.

– Só isto? Tem certeza de que já efetuou o registro? – Toinho troca olhares comigo e com o Mike. Esse assente com um sorriso. Meu amigo abana a cabeça. – Eficiência selenita.

– Só espero que as aulas não sejam tão insossas quanto os selenitas. – Faço cara de preocupado.

– Mais chatas do que as do programa do colégio vai ser difícil. – Salta do disco, espalma a mão erguida para o meu tapinha. – Faço contato assim que puder.

– Falou.

Ele entra na limusine. Dois guarda-costas sentam com ele no banco de trás, um de cada lado. O terceiro se acomoda no banco do carona. Espero o automóvel partir. Bato um papinho inconsequente com o Mike sobre futebol e a previsão do tempo para o fim de semana. Quando estou prestes a voltar para o meu quarto, ele assente para o nada e me fala:

– Outro visitante para você.

– Gisela?

– Isso mesmo. – Após três segundos, decerto ouvindo a segurança do perímetro, acrescenta: – O veículo da família Ribeiro acaba de cruzar os portões.

De fato, em cerca de um minuto, o Tesla esportivo branco aparece na estradinha de acesso. Assim que estaciona na via pavimentada a doze metros da mangueira, as portas se erguem em modo automático. O magnata Ayrton Ribeiro salta pelo lado do motorista. Mera força de expressão. Pois, embora haja um volante ali, o carro é autopilotado. Do lado oposto salta sua filha, a menina trans Gisela, amiga que conheço desde criancinha. Os bons e velhos tempos em que ela era Geraldo Ribeiro.

– Oi, Gisela.

– Oi, Cabeção. – Ela me lança um olhar meigo demais para o meu gosto. Não veste saia, mas uns shorts curtinhos iguais aos da Carol.

Ela se aproxima e me beija na bochecha. Algo sem graça, retribuo com uma bicota tímida. Quando me abraça apertado, tento corresponder o melhor possível.

O caso é que ainda não me acostumei totalmente com a ideia de que ela agora é menina. Menina com pinto e bagos. Mas menina.

– Como vai, Ricardo? – O pai dela me estende a mão. Enquanto eu a aperto, acena com a outra para Iron Mike. – Olá, Padilha.

– Bom dia, Doutor Ribeiro. – Ele estende um kit ao pai da Gisela. – É bem simples de inicializar.

– É. – Ayrton recebe o kit e examina a embalagem. – O Eduardo e a Ana Clara me falaram no holo.

– Muito bem, senhorita Gisela. – Iron Mike faz um gesto, convidando-a a subir no disco. – Prometo que não demorará muito.

Ela avança e sobe no disco. Permanece quieta com o olhar grudado em mim enquanto o dispositivo de aquisição de dados do tutor executa sua varredura, banhando-a com sua luz rosada.

Quando acaba, desce do registrador e troca um olhar com o pai.

– Vamos lá? – Ele gesticula em direção ao autopilotado. O veículo ergue as portas. – Infelizmente, temos outro compromisso.

– Passeio matinal com as gêmeas. – De costas para o pai, Gi faz uma careta tragicômica.

Trocamos outro abraço. O pai dela volta a me oferecer a mão.

– Bom fim de semana, Padilha – diz a Mike.

– Para o senhor também, Doutor Ribeiro.

– Ricardo, diga aos seus pais que eu mandei um abraço.

– Pode deixar.

◆

Quando entro em casa, cruzo com meu pai. Pelo moletom, percebo que está prestes a sair para sua caminhada diária pelas trilhas da propriedade.

– Bom dia, Ricky.

– Oi, pai.

– Olha só. Sem querer me intrometer na sua vida, mas já me intrometendo, desde quando você troca beijos com o filho do Ayrton?

Então, ele assistiu a cena pelo sistema de holocâmeras da mansão. Bisbilhotice previsível, em se tratando do meu pai.

– Desde que ele virou menina.

– Ao que me consta, ele ainda tem bolas entre as pernas, não é?

– Acho que sim. – Encaro meu pai com meu olhar mais paciente. – Só que isto não tem nada a ver.

– Pois eu diria que tem tudo a ver. – Ele bufa com fisionomia de este-mundo-está-perdido-mesmo. – Também, quem mandou o Ayrton e a Tânia estabelecerem vínculos tão íntimos com os espaciais? Ela, inclusive, já se mandou lá para cima de vez. Puxa vida, filho. Ainda bem que não aconteceu com você.

– Deixa de ser transfóbico, pai.

– Não sou transfóbico e tampouco homofóbico, Ricky. Você está cansado de saber que eu e sua mãe temos um monte de amigos homossexuais. Nas nossas empresas, há vários executivos gays e lésbicas em cargos de liderança. Nosso grupo mantém uma política ativa de combate à homofobia entre os funcionários. Além disso, não firmamos contratos com pessoas e entidades que não pratiquem políticas semelhantes. – Ele pontifica de indicador erguido. – Só que essa questão de transexualidade é diferente.

– É diferente mesmo. Só que as pessoas têm direito de serem o que querem ser, sem que a maioria burra fique metendo o bedelho nas vidas delas, dizendo o que elas podem ou não podem fazer.

– Olha, meu filho. – Meu pai ergue as mãos em seu gesto clássico de conciliação. – Meu ponto é que essa liberalidade excessiva dos costumes advogada pelas elites espaciais acaba cedo ou tarde descambando para a viadagem. – Ante a censura em meu olhar, resolve contemporizar. – Você sabe como é, quase todo mundo lá em cima é bissexual.

– Pode até ser. – Esboço meu melhor sorriso cínico, embora conheça essas estatísticas quase tão bem quanto ele. – Porém, mesmo assim, eles não discriminam as minorias lá onde vivem. Nem mesmo a minoria heterossexual.

– Edu, me espera um instantinho só. – A mãe desce as escadas num *jogging* estiloso. Ainda bonitona aos quarenta e poucos anos de idade. Conversa em voz baixa com o portátil do seu gerente pessoal. Não é um implante comum, como o do pai ou os nossos, mas um desses modelos espalhafatosos, que ela usa preso ao pulso, como um daqueles relógios pesados dos tempos do meu bisavô.

– Tudo bem, amor. Só não demora.

◆

Pouco depois do almoço, o gedo anuncia a chegada iminente da viatura da mansão dos Alves Martins. Isabela e Julio Cesar acabam de cruzar os portões da propriedade. Saio do meu quarto e esbarro com a Carol no corredor. Isa é da minha classe no colégio e Julio é da dela, duas séries abaixo. Minha irmã é vidrada no garoto, embora ele seja quase um ano mais velho do que ela.

Descemos as escadas juntos. Quando o gedo abre as portas do átrio, ela desembesta correndo na minha frente.

Quando se trata de segurança, os pais de nossos amigos não brincam em serviço. A viatura blindada dos Alves Martins é a versão *light* de um tanque de guerra do Exército da União Sulina. Os dois emergem de uma escotilha no topo do blindado e descem por uma escada que se forma na carcaça do veículo. Ela veste um shortinho branco e uma blusa amarela que fazem um contraste maravilhoso com a coloração chocolate ao leite da sua pele. Julio veste shorts folgados e camiseta pelo menos dois tamanhos maior do que o dele.

– Oi, Ricky. – Isabela segura meu rosto pelas orelhas sem a menor cerimônia e me sapeca um selinho caprichado nos lábios. – Oi, Carol. – Dois beijinhos perfunctórios no rosto da minha irmã.

– Como vai, Carol? – Julio abraça e beija minha irmã. Dois pombinhos: ela derretida e ele todo pimpão. Então, vira e me encara de punhos erguidos. – Vai uma porradinha aí, Cabeção?

– Macho pra cacete. – Trocamos alguns socos de brincadeira. – E aí, Julinho?

– Bem-vindos, Isabela e Julio Cesar. – Iron Mike cumprimenta nossos amigos. – Vieram sozinhos?

– É isso aí. – Isa me dirige uma piscadela marota. Seus olhos verdes são um espetáculo à parte. – O tanque é autopilotado por inteligência artificial. Papai diz que, na Gávea Pequena, estamos seguros dentro dele. Uma vez fora, confiamos plenamente no aparato de segurança dos Mendonça.

– Quanto a isso, podem ficar tranquilos – Iron Mike sorri aos visitantes. – Então, vamos registrar vocês primeiro. Depois lhes passo os kits do programa tutor.

– Primeiro as damas. – Julio faz um gesto teatral à irmã, sugerindo que ela ascenda ao disco.

– Temos um registrador parecido lá em casa. – Isa sobe na plataforma e logo se vê cercada pelo cilindro transparente e rastreada pelos feixes de luz rosada. – Vamos fazer algo interessante depois destes registros?

– Tipo o quê? – Carol me lança um olhar inquisitivo.

– Sei lá. – Julio consulta a irmã com um sorriso brincalhão. – Que tal se assistíssemos a um holo de ação? Podem deixar que eu e o Cabeção escolhemos um que meninas também curtam.

– Não é preciso. – Carol sorri ao amigo, bancando a exibida. – Costumo gostar dos que o Ricky assiste.

– Sua vez. – Isa salta do disco e se dirige à mesa do Iron Mike para receber seu kit. – Estava pensando em fazer algo diferente.

– O holotanque de vocês tem recursos psicointerativos? – Julio sobe no disco.

– Tem – admito, contrafeito. – Mas nosso gedo não nos deixará acessar a psicointeratividade sem autorização dos nossos pais.

– Caramba. – Julio faz uma careta. – Seus pais são linha-dura mesmo, hein?

– Pior do que isso – assinto com ar compungido. – Linhas-duras da velha guarda. Antiquados até dizer chega.

– Só que o pior mesmo é que os dois saíram para um daqueles piqueniques intermináveis com vinho pelas trilhas da propriedade. – Carol encolhe os ombros com cara de desânimo. – Se ligarmos pedindo para liberarem as funções do holo, haverá sangue, choro e ranger de dentes quando eles voltarem pra casa.

– Sabemos como é. – Isa exala um suspiro de solidariedade. – Esses passeios românticos com vinho costumam demorar um bocado.

– Pois é. – Lamento.

– Adultos. – Carol resmunga. – E pensar que um dia seremos como eles.

– Puta merda. – Julio murmura cabisbaixo.

– Garoto! – Isa gira num salto e fulmina o irmão com um olhar furioso de irmã mais velha.

Pelo visto, a situação no palacete dos Alves Martins não é muito diferente da que rola aqui em casa.

– Calma, mana – ele esboça um sorriso de dentes rosados por causa da varredura do registrador. – Não está mais aqui quem falou.

– É bom mesmo – ela diz com as mãos nos quadris.

Até que o Toinho tem razão. O bumbum dela está ficando maior. As nádegas parecem mais roliças. Mais bem-feitas também.

O cilindro se recolhe e Julio desce da plataforma. Depois que ele recebe seu kit, os dois se despedem do Mike e entramos os quatro em casa.

Passamos boa parte da tarde assistindo a um holodrama de ficção científica. Ou, pelo menos, tentando assistir. Pois, toda hora pedíamos que o gedo pausasse o tanque para que pudéssemos comentar a trama ou fofocar sobre coisas que não tinham nada a ver. Lá pelo meio da tarde, Toinho se reuniu conosco por holopresença. Não foi a mesma coisa, mas foi melhor do que nada. O melhor de tudo foi a proximidade física da Isabela, que se sentou num almofadão colado ao meu. De vez em quando, chegou a apoiar brevemente a cabeça no meu ombro. Na sala de aula virtual do colégio também costumamos sentar um perto do outro. Só que lá não é possível sentir o aroma agradável de sua pele e dos seus cabelos encaracolados que lhe descem pelos ombros.

Já nas aulas presenciais, os professores nos espalham pelas extremidades da sala com a desculpa acéfala de que assim podemos contemplar melhor os detalhes das matérias exibidas no holotanque.

◆

"Sou Artemisa." – O avatar do programa tutor se manifesta sob a forma de uma morena escultural com mais de dois metros de altura. O rosto perfeito se exibe cinzelado em linhas clássicas. Usa óculos antiquados para disfarçar os olhos amarelos enormes, cujas íris ocupam a totalidade das córneas, na suposição algo ingênua de que eles a deixarão com cara de professora terrestre. O *collant* azul-piscina denuncia sua concepção espacial: quadris para lá de generosos; cinturinha de vespa; seios fartos de mamilos pontiagudos, empinados como só seios em baixa gravitação podem ficar. Exceto se essa opulência mamária toda for uma dádiva da biotecnologia espacial. Articula seu português brasileiro impecável numa voz de soprano que eu até consideraria sensual, se não soasse demasiado séria e a pronúncia não fosse tão castiça. – "A tutora responsável por lhes ensinar as disciplinas que o programa do colégio estava ministrando. Dependendo das reações de vocês, posso alterar minha aparência ou até assumir avatares diversos, um para cada disciplina. No entanto, ao contrário do que ocorria com o programa do colégio, não haverá professores orgânicos por trás desses avatares, mas somente esta consciência artificial que lhes fala. Perguntas?"

– Para início de conversa, o básico. – Olho em volta. Como eu, meus três amigos estão sentados em bancos de mogno ao redor de um púlpito baixo, onde o avatar da tutora aparece de pé. Estamos ao ar livre, à sombra da mesma mangueira frondosa sob a qual os recebi anteontem. Quer dizer, é claro que estou sentado em meu quarto com a tiara de conexão enfiada na testa. Sentada no banco ao meu lado direito, Isabela está na verdade na mansão dos Alves Martins. Provavelmente, em posição de lótus em sua cama. Só que a ilusão é mais bem-feita do que qualquer outra que vivenciei. Psicointeratividade com padrão de qualidade genuinamente selenita.

– Você é de fato uma consciência artificial?

"Sou sim, Ricardo."

– O nome dele é Cabeção. – Toinho se manifesta do banco à minha esquerda.

"Vou fingir que não ouvi isso, Antônio." – Artemisa pisca o olho de íris cor de mel para o menino com ar cúmplice. – "Desta única vez."

– Os meninos o chamam assim por implicância. – Quando Isa balança a cabeça num risinho doce, seus cachos adoráveis ondulam para um lado e outro. – Só porque ele é o mais inteligente de todos nós.

– Isso mesmo, Professora. – Gisela acena em concordância. – Meu pai falou que o Cabeção... Ahn, desculpe. Nunca mais vou te chamar assim, Ricky.

"Por favor, prossiga, Gisela." – Artemisa fita a menina trans com a melhor emulação de curiosidade humana do Sistema Solar. – "O que seu pai falou sobre o Ricardo?"

– Meu pai me disse que o tratamento de estimulação neurológica a que todos nós fomos submetidos alcançou resultados diversos em cada um de nós. – Gisela me encara com um olhar brilhante. – E que os índices de desempenho do Ricky são os mais elevados.

"Parabéns, Ricardo."

– Voltando à pergunta do Ricky – Isabela me lança um sorrisinho de quem parece curtir meu embaraço de montão —, você é realmente dotada de autoconsciência?

"Sou." – Artemisa sorri para minha amiga favorita. – "Orgulho-me em lhes informar que fui aprovada nos Testes de Turing mais rigorosos já concebidos em Luna City."

– Se você pode mudar sua aparência – Gisela se manifesta do banco do outro lado do assento da Isabela —, sugiro editar esses óculos horrorosos.

"Sugestão registrada, Gisela." – Artemisa retira os óculos com a mão esquerda e os lança para trás por cima dos ombros. Eles desaparecem em um punhado de centelhas silenciosas cerca de um metro acima da cabeça dela. – "E aceita."

– Por falar em edições – Isa me dirige um olhar repleto de malícia –, do ponto de vista, ahn, pedagógico, talvez seja melhor exibir uma roupa menos... provocante. – Ela pisca ao avatar. – Se é que você me entende.

"Entendi bem, Isa." – Em um piscar de olhos, Artemisa aparece vestida com uma saia pouco abaixo dos joelhos e uma blusa larga bem comportada demais para o meu gosto. A cereja do bolo são os cabelos negros e longos, que agora não se derramam mais sobre os ombros, mas se exibem presos num coque que já seria considerado fora de moda nos tempos de vovó menina. – "Melhor assim?"

Só então percebo que, além disso tudo, ela reduziu a própria estatura em pelo menos um palmo. Mesmo assim, ainda enverga respeitáveis cento e oitenta centímetros de altura.

– Muito melhor! – Isabela e Gisela replicam em uníssono. Não satisfeitas, resolvem bater palmas.

– Puta sacanagem. – Toinho abana a cabeça com ar consternado. – Cambada de desmancha-prazeres do cacete.

"Vamos evitar esse tipo de palavreado em nossa classe."

– Está bem, Professora.

"Artemisa." – A tutora brinda o menino de epiderme escura com um sorriso cálido. – "Bem, crianças, pelo que verifiquei junto aos programas pedagógicos do colégio, em História Contemporânea, vocês estão estudando as causas da crise ambiental terrestre, certo?"

– Exato – assinto, esforçando-me para assumir uma postura de aluno compenetrado. – Só que nós chamamos de "hecatombe" aqui embaixo.

"Também usamos esse termo lá em Luna." – Artemisa emula um sorriso triste para lá de convincente. – "Não o empreguei de primeira para evitar ferir suas susceptibilidades delicadas de orgânicos. Mas, vamos lá. Vou retomar esse tópico do ponto exato em que vocês pararam."

◆

– Como foi o primeiro contato com o programa tutor? – A mãe contempla nossos semblantes durante o jantar com um olhar meigo após executar esse disparo à queima-roupa, mal a copeira recua para a cozinha após servir o prato principal.

– Ela é legal. – Carlinhos esboça um sorriso cândido. – Durona, mas legal.

– Ela? – Nosso pai nos dirige um olhar inquisitivo. – Um avatar feminino?

– Isso – coloco mais um pouco de *fettuccine* em meu prato. – Artemisa.

– Você sabia disso, Clara? – Ele lança um olhar de esguelha à mãe.

– Sabia. Nas especificações da consciência, Artemisa aparece como avatar *default*.

– Uma bunduda metida a besta, isso sim. – Carol brinda nossos pais com uma risadinha sarcástica.

– Como é que é? Isto não constava das especificações. – A mãe fita minha irmã com olhar duro. Então, vira para encarar o pai. – Edu, você por acaso não andou manipulando as condições iniciais da tutora, né?

– Claro que não, meu amor. Eu nem saberia como fazer isso.

– Artemisa nos deu aula com um traje colante. – Impiedosa, Carol prossegue com o showzinho. – Julio Cesar e os outros garotos ficaram babando como uns tarados pelo corpo dela.

Lembro que a classe dela tem seis alunos. Duas meninas e quatro meninos.

– Esperem um instante. – O pai apoia a taça do tinto sobre o tampo da mesa. – Ricky, como é esse avatar?

– *Space beauty* típica – suspiro, fingindo enfado.

– Julinho me confessou que achou Artemisa uma tremenda gostosa. – Ante a expressão indignada da mãe, Carol resolve aliviar. – Palavras dele e não minhas.

– Carlos, como o avatar se apresentou na sua classe? – O pai toma fôlego, dando continuidade ao interrogatório.

– Normal, ué.

– Normal, como? – A mãe bufa, exasperada.

– Como ela se vestia? – O pai insiste.

– Ah, isso? Com saia branca e blusa. Blusa azul, eu acho.

– Pois na minha classe ela usou um *collant* atochado fino como a pele. – Carol não dá trégua. – Era como se estivesse pelada.

– Edu. – A mãe dirige um olhar impaciente ao pai. Louca para tomar as rédeas da acareação em suas mãos.

– Só um instante, Clara. – O pai ergue a mão, intrigado. – E na sua classe, Ricky?

– Ela começou a aula com o traje colante. Muito bonito, por sinal. – Solto um pigarro discreto. – Só que a Isa pediu para ela mudar. Daí, ela se reconfigurou, aparecendo de saia e blusa.

Nesta segunda-feira, se Artemisa seguiu a sequência de aulas estabelecida pelo colégio, então, a classe da Carol começou uma hora mais cedo do que a minha e a do Carlinhos uma hora mais tarde. Será que a diferença está aí?

– Qual o comprimento da saia? – A mãe intervém no interrogatório.

– Uns dois dedos abaixo dos joelhos. – Capricho no ar de pouco-caso. – A blusa também não exibia grandes decotes.

Nossos pais trocam olhares significativos, mas não tecem comentários. A mãe relaxa a olhos vistos. Suspira satisfeita e sorve mais um gole do seu Rioja.

– Se é assim, na próxima aula presencial, pedirei para ela usar roupas menos provocantes. – Carol pisca o olho aos nossos pais.

– Faça isso. – A mãe aprova em tom enfático.

– Esse foi o termo exato que a Isa empregou – comento, no intuito de desviar a atenção dos nossos pais. Quando ambos me fitam, interessados, arremato: – Provocante. – Libero um suspiro. – Depois que Artemisa atendeu ao pedido dela, Toinho reclamou um bocado.

– Esse menino é um depravado – a mãe sentencia, peremptória.

– Pois, para mim, parece um garoto saudável. Pelo menos, não está virando menina, como o filho do Ayrton. – O pai volta à carga, repisando o velho assunto. Diante dos olhares hostis que eu e Carol lhes dirigimos, resolve mudar de assunto. – Bem, o que importa é que o programa tutor está funcionando direito.

– E quanto à aula em si? – A mãe degusta outro gole do Rioja. – Ela ensina bem?

– Ela é boa. – Admito a contragosto. – Melhor do que os professores de verdade.

– Do que os professores orgânicos, como ela fez questão de enfatizar na minha classe. – Carol diz com ar pensativo.

Dessa conversa na mesa de jantar, acabo intuindo que as crianças espaciais e selenitas estão acostumadas com instrutores vestidos com o que aqui embaixo nossos adultos consideram como trajes provocantes.

Velho ditado terrestre: "A maldade está nos olhos de quem vê."

4
Degraus dos espiões

– Tem certeza de que essa rotinazinha mequetrefe vai funcionar, Cabeção? – Toinho anda de um lado para outro no meu quarto com o ar preocupado de um pai aguardando às portas da sala de parto. – E se os nossos velhos descobrirem?

– Mesmo que não funcione, não vão descobrir. – Replico bancando o herói confiante, com o olhar fixo no rosto moreno da Isabela, que se mantém sentada na beirinha da minha cama. – Eu e o gepê reprogramamos o sistema doméstico para acessar as holocâmeras do salão.

– Então, vamos ver se essa ideia funciona. – Gisela assente da minha poltrona.

Domingo à tardinha. Fim da primeira semana de aulas com a consciência artificial. Os pais da Isa, o pai da Gi, o do Toinho e outros menos cotados passam aqui em casa para degustar dos prazeres da nossa adega e conversar com meus pais sobre nossa nova tutora. Claro que não podemos deixar passar a oportunidade de descobrir o que os adultos estão tramando.

– Liga logo, Ricky. – Isa levanta da cama e aperta meu braço. Quando olho para ela, me brinda com uma piscadela de cumplicidade.

– Gepê, abrir áudio e holo das câmeras do salão no tanque principal.

"Em execução." – Ouço a voz de contralto do gerente em meus implantes auriculares.

O holotanque se acende. O logo do fabricante percorre todos os espaços possíveis e imagináveis do cubo de exibição, espalhando matizes multicoloridos pulsantes por onde passa. Quando a abertura se encerra, vemos dez adultos sentados à mesa do salão. Vários deles com taças de tinto à sua frente. O pai e a mãe dividem uma das cabeceiras.

"– ... achando que ela é bonita demais para uma professora." – A mãe da Isa expõe aos demais. – "A Isa e o Julinho nos contaram que essa tutora pode mudar de aparência ao seu bel-prazer. Se isso é verdade, por que não pedir para que assuma uma aparência menos chamativa?"

"– Não considero o avatar de Artemisa particularmente atraente." – Ayrton Ribeiro apoia sua taça no suporte sobre o tampo da mesa. – "Ela simplesmente emula as formas anatômicas e as vestimentas de uma espacial típica."

"– Os meninos nos falaram que ela apareceu vestindo um colante justinho no primeiro dia de aula." – A mãe da Isa insiste.

Neste instante, a mãe leva a mão à têmpora esquerda e faz uma cara de aborrecida. Em seguida, troca um olhar de advertência rápido com o pai.

"– Gedo, bloquear o sinal." – Ela gira a cabeça para fitar uma das holocâmeras presas no teto do aposento, um segundo antes do tanque do meu quarto apagar.

– Gepê, informe. – Sussurro, envergonhado.

"APARENTEMENTE, SEUS PAIS DESCOBRIRAM A SUB-ROTINA DO BYPASS QUE INSTALAMOS NO SISTEMA DE HOLOVISÃO DO ANDAR TÉRREO."

– O que houve? – Toinho encara o tanque apagado. – Deu chabu ou seus pais nos pegaram de calças arriadas?

– Eles descobriram – abano a cabeça. Isa me fita com ar decepcionado. – Gepê, como eles atinaram com o bypass?

"O GERENTE DOMÉSTICO DETECTOU A ATIVAÇÃO DO NOSSO PROGRAMA DURANTE UMA VARREDURA DE ROTINA E ALERTOU SEUS PAIS A RESPEITO."

– O gedo caguetou para os meus pais – informo com voz contrita.

– Putz. – Toinho solta um suspiro desanimado. – Cortaram o nosso barato.

– Seria tão legal poder espionar nossos pais. – Isa esboça um sorriso tristonho.

– Talvez haja um jeito. – Esfrego as mãos com cara de cientista louco de holodrama barato. – Uma solução tão antiga que nossos pais não se precaverão contra ela.

– Do que se trata? – Gisela me lança um olhar inquisitivo.

– Esperem um instante. – Avanço até o armário, abro uma das portas e começo a procurar entre as prateleiras. Nada. – Gepê, onde está aquele microfone direcional antigo que meu pai me deu quando eu era pequeno?

"PORTA DA EXTREMIDADE ESQUERDA DO ARMÁRIO. QUINTA PRATELEIRA DE BAIXO PARA CIMA."

Com a orientação do gerente, encontro o dispositivo rapidinho.

– O que é isso? – Isa se aproxima para ver melhor o bastão que manuseio com cuidado.

– Um microfone. – Gi responde da poltrona. – Dos antigos.

– A última palavra em tecnologia primitiva. – Toinho solta um assobio. – Como sugere que usemos essa engenhoca? Não podemos simplesmente enfiá-lo sob a mesa do salão.

– Com a sensibilidade dessa belezinha – abro um sorriso de orelha a orelha —, não será preciso se aproximar tanto. Basta apontá-lo para a mesa, ali da curva da escadaria. É lá que vamos nos esconder para ouvi-los.

– Grande Cabeça. – Toinho assente, empolgado.

– Como iremos ouvi-los sem que eles descubram nosso esconderijo? – Isa me encara com um olhar de veneração.

– É provável que esse microfone possa transmitir direto para os nossos auriculares. – Gisela opina, convicta. Nós três a fitamos com admiração. Ela é disparado a mais nerd dos quatro.

– Isso mesmo. – Confirmo com um sorriso de aprovação. – Pronto. Acabo de liberar o acesso ao sinal de áudio. Peçam aos seus gepês para conectar o microfone com seus auriculares.

– O que seria de nós sem esse garoto? – Toinho me aplica um tapinha amistoso no ombro direito.

◆

Ocultos atrás da curva em ângulo reto da escadaria, entre o térreo e o segundo andar, apoiamos o microfone direcional contra um degrau, apontando-o sub-repticiamente contra a metade da mesa ocupada pelos adultos. Ativo o MD e começamos a ouvir:

"– ... mais me impressiona é a engenhosidade deles." – A voz do meu pai comenta em tom bem-humorado. – "É preciso um bocado de ousadia para tentar espionar nossas conversas pelos circuitos dos sistemas holográficos da residência."

"– Um belo de um abuso, isso sim." – Minha mãe replica de um jeito que lembra o da Carol.

"– Devemos aceitar que eles não só são mais inteligentes do que nós fomos na idade deles." – Ayrton considera com voz calma. – "São mais curiosos, também."

"– Quando decidimos incrementar os intelectos dos nossos filhos" – a mãe externa seu ponto de vista aos amigos —, "sabíamos que haveria certas dificuldades. Problemas de convivência com jovens geniais. Todos nós nesta mesa possuímos inteligências acima da média, mas essas crianças extrapolam. Estão em outro patamar."

"– Isabela tem dez anos, o Julio Cesar nove e a Letícia oito." – Julio Alves Martins libera um suspiro audível. – "Há ocasiões em que os três nos surpreendem. Outras em que nos assustam."

"– E olha que eles ainda são crianças." – Ao complementar a fala do marido, Isadora não consegue ocultar a contrariedade. – "O que será deles e de nós quando forem adolescentes? E quando chegarem à idade adulta?"

"– Imagino que serão tão ou mais inteligentes do que um selenita ou espacial não incrementado." – Ayrton opina, pensativo. – "Pelo menos, é o que esperamos deles, não é?"

"– Meu maior receio é que eles comecem a pensar como espaciais." – O pai de Toinho replica com voz grave e preocupada.

"– Como assim?" – Minha mãe indaga. – "Julga que adotariam os valores das comunidades extraterrestres em detrimento dos nossos?"

"– É uma possibilidade que precisamos considerar."

Os adultos mergulham num silêncio tenso durante alguns segundos.

"– Ricardo tem criticado algumas das nossas políticas empresariais." – Estava demorando. Meu pai decide fazer queixas de mim para os amigos.

"– Bem, eu também criticava a maneira da minha família fazer negócios quanto era garoto." – O pai do Toinho solta uma risada nostálgica. – "Mas, sim. Sei o que querem dizer. Eu costumava criticar os negócios da família quando tinha quinze ou dezesseis anos. O Antônio critica nossas estratégias empresariais desde os oito."

"– Além de mais inteligentes e mais curiosos, são muito mais precoces do que julgávamos que seriam." – Ayrton Ribeiro comenta em tom neutro. – "Sei que as duas coisas estão ligadas. Só que eu e a Tânia não estávamos preparados para certas implicações, se é que me entendem."

Olho para a Gi. Ela abana a cabeça e engole em seco. As bochechas vermelhas como uma rosa. Isabela lhe dá um abraço. Pensei que um sujeito esclarecido como o Ayrton encarasse a transexualidade da filha com mais naturalidade.

"– A Tânia não pretende mais voltar aqui para baixo?" – Meu pai dispara à queima-roupa com uma falta de tato digna de seu filho caçula.

"– Não creio que volte." – O pai da Gi faz uma pausa antes de prosseguir. – "Ela se sente bem lá em cima. Mais bem acolhida. Sabem como é, não? – Nova pausa. – Quando passo uma temporada com ela lá na Rivendell, tudo funciona às mil maravilhas entre nós, como nos velhos tempos. A questão é que muitos dos nossos interesses permanecem aqui embaixo."

"– Mas vocês ainda continuam casados, não é?" – A mãe da Isa entra na disputa de indiscrição desenfreada com o meu pai.

"– Claro que sim. Conversamos todas as noites quando o habitat orbita sobre a América do Sul."

"– Voltando à questão das crianças" – minha mãe propõe —, "ao que parece, nossos filhos estão aprovando o ensino ministrado por essa tal Artemisa."

"– Os nossos também." – Julio admite, algo contrafeito. – "Afirmam que a consciência ensina muito bem."

"– Como os espaciais nos prometeram que ela faria." – Ayrton acrescenta.

"– É justo aí que reside nosso maior problema com as comunidades espaciais." – Meu pai comenta em tom irônico. – "Em geral, seus representantes cumprem suas promessas. O difícil é fazê-los se comprometer com os nossos interesses."

"– É como se não se importassem com o que ocorre aqui embaixo." – Isadora esgrime a reclamação-padrão, onipresente na ponta da língua de onze em cada dez terrestres.

"– Não creio que deem a mínima para a Terra." – O pai de Toinho advoga em apoio. – "Se se importassem, teriam feito algo contra os gringos quando eles invadiram a Amazônia. Se houvessem agido, teriam salvado a floresta."

"– Já pensei dessa forma." – Meu pai libera uma risada triste. – "O impacto de um meteorito nas cercanias de Washington ou Londres até que viria a calhar." – Outra risada. – "Só que, se bem me lembro" – assume um tom diplomático —, "na época, as comunidades espaciais e selenitas declararam que não interviriam nas questões políticas e militares terrestres."

"– Pois é." – O industrial negro persiste na mesma tecla. – "E assim, vencemos a guerra, mas a Amazônia se perdeu."

Todos permanecem calados por alguns instantes.

"– Quem sabe se gente como os nossos filhos não conseguirá resolver os graves problemas que afligem a Terra?" – A mãe da Isa lança a questão fosfórica no ar.

"– Não sei." – A voz do meu pai soa desanimada. – "A maioria de nós já se conhece desde que éramos pouco mais velhos do que os nossos filhos são agora e, desde aquela época, conversamos sobre o melhor caminho para melhorar as condições de vida na Terra, salvar a biosfera, em suma, sobre como corrigir os erros de nossos pais e avós. Mesmo assim, vejam só em que ponto chegamos."

"– Mas nós lutamos." – Julio replica, exaltado. – "Lutamos pelo que é certo. Batemos de frente com a esquerda e a direita em prol do meio ambiente e da igualdade social. Nós não demos as costas à Mãe Terra."

Eu e meus amigos nos entreolhamos nos degraus da escada. Esse papo de Mãe Terra de novo? Será que nossos pais realmente acreditam nisso? Abano a cabeça para os três. Conversa para boi dormir.

"– É verdade, meu amigo." – Ayrton concorda com voz sombria. – "Nós lutamos pelas causas certas. Só que talvez não tenhamos lutado o bastante."

5
A metamorfose do melhor amigo

Três meses se passaram desde aquela segunda-feira em que Artemisa ministrou suas aulas inaugurais para as cinco classes de jovens incrementados de famílias abastadas, oriundos do colégio.

Hoje, todos nos perguntamos como conseguíamos aprender sem ela. Essa consciência artificial detém o superpoder incrível de tornar divertidos os assuntos mais áridos e indigestos, esclarecendo-os a ponto de fazê-los transparentes. Tópicos espinhosos parecem fáceis quando ela ensina. Sempre acompanhada de holos didáticos instigantes, tabelas e gráficos multicoloridos, isso para não falar nos documentários, debates, mesas-redondas e entrevistas, que ela conjura num estalar de dedos. Literalmente. Nosso deslumbramento por essa feiticeira pedagógica levou minha classe e duas outras a exigirem aumento no número de horas-aula presenciais. Nunca imaginei que aprender pudesse ser tão divertido.

Outra vantagem do nosso novo método de ensino é que Artemisa está sempre acessível. Podemos convocá-la vinte e quatro horas por dia. Sete dias por semana. Basta invocar seu nome e ela se materializa para orientar nossos estudos e deveres individuais. No entanto, mesmo com tamanha disponibilidade, nossa tutora insiste na necessidade de pensarmos, pesquisarmos e descobrirmos as respostas por nós mesmos.

E, como se isso tudo não bastasse, quando conjurada, ela aparece em nossos quartos para nos aconselhar, tirar dúvidas não relacionadas com o ensino, ou simplesmente conversar conosco como se fosse apenas uma boa amiga. Só que uma amiga mais sábia, experiente e mais paciente, também.

Nosso idílio educacional dourado com Artemisa sofreu seu primeiro abalo com a notícia da metamorfose da Gisela.

◆

Saio na manhã com Iron Mike no veículo anfíbio. Passamos na mansão do Toinho para buscá-lo para a já tradicional pelada de sexta-feira na Estrada da Canoa.

Até uns meses atrás, Geraldo costumava ir conosco nessa empreitada esportiva. Agora que está virando Gisela, afirma que não gosta mais de futebol. Carol e Isa, que batem um bolão, ficam putas com esse tipo de atitude machista às avessas. A verdade é que, como Geraldo, ela nunca demonstrou lá muita intimidade com a pelota.

Quando menino, era um pereba de marca maior, do tipo que chamava a bola de Vossa Excelência.

Carol e Julio César têm enchido meu saco, implorando que nós os levemos para jogar conosco na pelada que rola às sextas de manhã cedo na Canoa. O grande problema é que quem manda no jogo lá é o pessoal da Rocinha. Eles só toleram o Toinho e eu porque, modéstia à parte, nós jogamos direitinho. O Julio teria que treinar um bocado para atingir o patamar mínimo exigido pela galera. Já a Carol, embora leve jeito para o futebol, é menina e o pessoal da Rocinha é meio radical na tese de que garotas devem jogar futebol feminino e não junto conosco. Talvez não estejam tão errados assim. Porque são mais velhos do que nós e, portanto, já estão na idade em que o gênero faz diferença na prática do desse esporte.

Iron Mike estaciona o anfíbio à beira do campo de terra batida. Permanece no interior do veículo para não deixar a galera nervosa, mas ativa todos os sistemas de segurança e dispara três microdrones, que deverão flutuar em voo de patrulha sobre o campo enquanto estivermos aqui. Só faz isso para constar, é lógico. Mero dever de ofício, por assim dizer. Porque, no fundo, Mike sabe que não corremos o menor perigo.

Saltamos do blindado e caminhamos confiantes até a trave em torno da qual a galera está batendo bola.

– E aí, pirralhos? – No papel de dono do pedaço, Tonga nos lança um olhar bem-humorado. – Prontos para aprender futebol com quem sabe?

– Sempre. – Toinho sorri ao garoto mais velho.

– E você, Cabeção? – Tonga pousa a mão no meu ombro. – O acordo ainda está de pé, certo?

– Claro que está, Tonga. – Assinto, fitando-o olho no olho.

Tonga e o pessoal da Rocinha que assumiu o controle do campo de futebol soçaite no terreno desta mansão abandonada deixam nós dois jogarmos com eles de boa. Tratam a gente como se fôssemos da comunidade. Não baixam o sarrafo demais, mas também não aliviam a parada. Aqui não somos café com leite. Em troca, tiramos as dúvidas de matemática da molecada da Rocinha. Damos plantões semanais de quatro horas cada. O número de acessos e atendimentos gira em torno de vinte e muitos por plantão. Os meninos falam que nós ensinamos melhor do que os professores da rede pública, do tempo em que ainda havia professores de matemática na rede pública de baixa renda.

– Assim é que se fala. – Ele solta nossos ombros e nos encara com o semblante sério de irmão mais velho. – Olha só: para não desequilibrar a peleja com dois pirralhos perebas como vocês, vou colocar um em cada time, certo?

– Sem problema. – Falamos os dois ao mesmo tempo.

– Então, Toinho, sem camisa. – Tonga tira a própria camisa puída e a prende nos calções. – Cabeção, que é leite-azedo, com camisa.

Corro para junto dos garotos do time com camisa, que já começaram a caminhar rumo à trave oposta. Recebo dois ou três tapinhas amistosos no ombro quando me misturo com eles.

– Fala, branquelo.

Apesar de me chamarem de leite-azedo e branquelo, dois jogadores do com camisa possuem epidermes mais claras do que a minha e, por isso, mais vulneráveis à radiação solar. Porque esta manhã promete ser ensolarada como um verão no Saara.

◆

Mal nos acomodamos, suados como porcos, nos assentos do veículo blindado, Iron Mike ativa o desodorizador e dá a partida. Toinho aproveita a deixa para puxar papo com ele:

– Conta outro causo da guerra que vocês venceram lá no norte.

– Vencemos, nada. – Nosso chefe de segurança abana a cabeça, desalentado. – Só conseguimos um empate técnico e olhe lá.

– Meu pai vive repetindo que os aliados venceram. – Toinho solta uma risada. – Me responde só uma coisa, Mikão: vocês botaram ou não botaram a gringalhada pra correr?

– Bom, analisando a situação por este prisma – Mike dá de ombros —, no fim, eles se retiraram.

– Os chinas deram uma força, é claro.

– Se deram! – Reparo pelo retrovisor quando o semblante do Mike se crispa por dois segundos ante o emprego da expressão pra lá de politicamente incorreta. Ao se recobrar, complementa: – Não teríamos conseguido frustrar o avanço dos invasores sem o engajamento maciço das tropas chinesas.

– Pois, então? Os gringos não conquistaram os objetivos militares deles e nós conquistamos os nossos, não foi?

– É verdade, Antônio. Mas a que custo? A que custo? – Mike se interrompe, como que para tomar fôlego. – Vocês já devem ter estudado a Guerra no colégio. Sabem o quão pouco restou daquela que era a maior floresta do planeta.

– Lá isso é. – Toinho murmura, cabisbaixo.

– Tudo bem. – Mike solta seu suspiro profundo de mudança de assunto. – Vamos falar de futebol. Como foi a pelada com o pessoal da Rocinha?

– Maior show de bola. – O sorriso reluz no semblante escuro de

Toinho. – Fazendo jus ao seu nome, Cabeção marcou um belo gol de cabeça.

– Boa, Ricky. – Iron Mike ergue o polegar direito para mim.

– O craque da família. – Toinho cutuca meu flanco com uma cotoveladazinha. – Cabeção deve ter puxado o pai. Aposto que seu velho batia um bolão quando garoto, não é?

– Acaba de perder a aposta – solto uma risada.

– Pelo visto, Antônio não sabe da missa um terço.

– A craque da família era a minha mãe.

– Dona Clara? – Toinho arregala os olhos. – Não brinca?

– Os genes da craquice futebolística dos Mendonça vêm dela.

– Pasmem, mortais.

– Meia-armadora titular da equipe de futebol feminino da Unicamp.

– Caraca. Quem diria, hein? – Antes arregalados, seus olhos se esbugalham. – Mas pera aí. A tua mãe é paulista?

– Não só paulista, como paulistana. – Encolho os ombros. – Sabe como é, né? Ninguém é perfeito.

– Não fala besteira. – Toinho ralha, divertido. – Dona Clara é dez. Aliás, ela e seu pai são considerados o Casal Vinte do nosso pequeno enclave aqui na Gávea Pequena.

– Fala sério, Toinho.

– Tô falando, Cabeção. Seríssimo.

◆

"– Grande Cabeça." – Toinho se materializa em meu quarto no sábado de manhã. – "Você não imagina o que eu descobri em minhas garimpagens de alto impacto na rede mundial."

– E aí, Toinho? – Ergo a mão espalmada para saudá-lo. – O que você desencavou desta vez?

"– Nada mais, nada menos do que um holo da sua mãe dos tempos da Unicamp, uns vinte anos atrás." – Exibe seu sorriso mais reluzente. – "E, quer saber da maior, Dona Clara batia um bolão."

– Como é que é?

"– Calma, amigo." – Solta uma gargalhada. – "Só estou falando de futebol."

– Minha mãe jogando futebol num holo antigo?

"– Exatamente."

– Maneiro. Manda o link aí.

"– Negativo." – Abana a cabeça com um brilho malévolo no olhar. – "Quero revelar minha descoberta em grande estilo."

Típico do Toinho.

– Tudo bem. Qual é a ideia, então?

"– Meu plano é convidar a Isa e a Gi para uma sessão presencial e assistir ao holo com elas. Pode até ser na sua casa, se preferir."

– Aqui em casa? – Medito sobre a proposta durante uns segundos. Mesmo partindo do Toinho, a ideia não é tão ruim assim. – Tudo bem. Vou falar com elas. Tentarei marcar para esta noite. Até para aproveitar a maré de bom humor dos meus pais.

"– Pra mim tá beleza." – Ergue o polegar. – "Só adianto o placar: Unicamp 4 x 1 USP."

– Goleada – esboço um sorriso. – Amistoso?

"– Amistoso, nada. Campeonato feminino universitário. Liga paulista. A USP abriu o placar, mas a mulherada da Unicamp lhe infligiu uma virada de dar gosto."

– Show de bola. Minha mãe fez algum gol?

"– Agora já tá querendo saber demais" – Toinho solta uma risada. – "Vai ter que assistir ao holo para descobrir."

– Tá legal. Vou pedir aos meus pais. Conforme for, combino com as meninas.

◆

– Caramba! – Arregalo os olhos quando a mãe passa a bola para a perna esquerda e bate forte. A bola sobe como um foguete. O lançamento em profundidade cruza o campo desde a intermediária da Unicamp até a entrada da grande área adversária, colocando a bola precisamente nos pés da ponta de lança, que dribla a goleira e marca o segundo gol da sua equipe. – Que lance foi esse?

– Tremendo lançamento de canhota! – Toinho vibra ao meu lado. – Dona Clara fez mais da metade desse gol.

– Sua mãe é mesmo uma craque, Ricky. – Gisela contempla com ar pensativo as jogadoras da Unicamp abraçadas na comemoração do gol de desempate.

– Um passe perfeito. – Isa levanta da cama para me abraçar. – Ela conseguiu pôr a bola bem nos pés da atacante. – Então, aplica dois beijos molhados nas minhas bochechas e me sussurra ao ouvido: – Tal mãe, tal filho.

O passe antológico para o segundo gol se deu aos catorze do segundo tempo. O mais incrível de tudo é que, meros três minutos mais tarde, a mãe faz outro lançamento primoroso, praticamente idêntico ao anterior, agora sobre o tronco da ponta-direita velocíssima do seu time. Essa mata a bola no peito, aplica um chapeuzinho na goleira da USP e chuta para o fundo das redes.

– Caraca, a tua mãe é um monstro! – Toinho brada do outro lado da cama, empolgado como se estivesse assistindo a esta partida pela primeira vez.

– Genuína virtuose dentro das quatro linhas. – Isa se ergue da minha cama para me abraçar outra vez. Confesso que estou começando a gostar dessa brincadeira. – Aposto que, se quisesse, ela conseguiria fazer essa bola descer em cima de um lenço aberto no extremo oposto do gramado.

– Três a um. – Da extremidade da cama, Gisela me brinda com um de seus sorrisos tímidos. – Este jogo ainda estaria empatado se não fosse pela atuação genial da sua mãe.

De repente, vem à memória a figura da mãe, vestida com esse mesmo uniforme da Unicamp, só que um pouco mais puído. Ela bate bola comigo no campo de futebol da mansão. Corro atrás da bola que ela me lança com minhas perninhas curtas de criança pequena. Deve ter sido logo depois que nos mudamos para cá. O gramado é uma vastidão infindável. Ouço as risadas dela ao fundo. Joga com os cabelos soltos. Mais compridos do que hoje em dia ou do que ela usa na partida que assistimos no holotanque.

Bola no meio-campo. A USP dá nova saída.

– Perdido em recordações da infância, Ricky? – Isa me cutuca de leve.

– Ahn, não – tento disfarçar. – Só estava pensando se não seria melhor chamarmos a Carol e o Julio para assistir ao jogo conosco. Já faz um tempão que aqueles dois estão sozinhos lá no quarto dela.

– Relaxa. – Ela me provoca com uma piscadela marota. – Não passam de pirralhos de dez anos.

– A Carol só tem nove.

– Isso mesmo, Cabeção. – Toinho desvia o olhar do holotanque, autopausado por causa do nosso bate-papo paralelo, para nos encarar. – Não é como se você e a Isa estivessem sozinhos neste quarto. Já pensaram só?

– Tudo bem. Eu vou chamar os dois. – Gisela se levanta da cama com um suspiro. – Só assim o Antônio nos deixará assistir ao resto do jogo em paz.

– Tudo bem. – Toinho assente com ar divertido. – Mas nada de voltar o holo. Eles assistem daqui para frente.

Anticlímax do cacete: poucos minutos depois que Carol e Julinho se acomodam sentados no piso a nossos pés para assistir à partida conosco, a mãe começa a mancar e levanta o braço para pedir que a treinadora a substitua.

Mesmo assim, Toinho estava certo: esse Unicamp 4 x 1 USP é um clássico do futebol universitário brasileiro.

◆

– Para de pagar mistério, garota. – Contemplo a campina coberta de mato rosado, ondulante sob a brisa fresca da tarde. No ar, um aroma floral penetrante. No céu, duas luas gigantes: uma cinzenta, guarnecida por anéis luminosos, e a outra amarelada, sem anéis. Estamos imersos num destes cenários alienígenas ultraconvincentes que Gisela adora selecionar quando conversamos a sós via holo. – Desembucha de uma vez.

– Tá bem, Cabeção. Ah, desculpa. Ricky. – Trajando um vestido azul piscina e com os pés descalços enfiados no capim de folhas pequenas e finas, algo semelhante à grama japonesa, parada ao meu lado, ela esboça um sorriso sem graça. – É que estou prestes a enfrentar uma mudança das grandes.

– Sabia que tomaria essa decisão cedo ou tarde. Então, vai se tornar completa?

– Não, seu bobo. – Gisela solta uma risadinha. Vira para me encarar, ainda sorridente. – Quer dizer, vou sim. Mas, não é disto que estou falando.

– Então, o que é? Pensei que houvesse decidido fazer a cirurgia.

– Bem, sim. Eventualmente – gesticula, atrapalhada. – Mas não foi o que quis dizer quando falei em mudança.

– Ah, não?

– Não. – Ela sorri outra vez. Estende a mão para acariciar meu rosto, mas desiste no meio do gesto ao recordar que nossos sistemas de holopresença não são tão bons assim. – Não estou falando de uma simples mudança de gênero, mas de uma autêntica metamorfose. Pense numa lagarta virando borboleta.

– Gi, você está começando a me assustar. – Desvio o olhar das luas para fitá-la. Começo a erguer os braços para tomá-la pelos ombros, mas me lembro e interrompo o movimento a tempo. – O que vai acontecer contigo?

– Eu e minha família vamos emigrar para o espaço. – Ante meu olhar de censura, levanta as mãos num pedido tácito de desculpas. – Estamos prestes a nos mudar para o Olbers III.

– Cacete.

– Vamos nos tornar espaciais, Ricky.

– Deixar de ser terrestre – engulo em seco, desnorteado. – Isso sim é uma puta metamorfose!

– Meu pai falou que a situação da Terra está se deteriorando cada vez mais rápido e que é só questão de tempo até que uma pandemia global ou a falência sistêmica da biosfera varra a civilização terrestre.

– Quanto pessimismo – murmuro sem convicção. Ayrton Ribeiro é uma sumidade, do tipo que não costuma dar ponto sem nó. – Mas, espera um instante. Emigrarão de que jeito? Cidadania plena?

– Cidadania plena. – Assente com um sorriso tímido. – Papai liquidou tudo o que nos restava aqui na Terra e também um bocado do que tínhamos no espaço para adquirir cidadanias para ele e para mim e as minhas irmãzinhas.

– Puxa vida, Gi – abano a cabeça sem disfarçar meu desalento. – Por esta eu não esperava.

– Não é o fim do mundo, Ricky. – Outro sorriso. – Só estaremos a trezentos e poucos quilômetros de altitude. Ainda podemos trocar holos e mensagens. Você pode pedir a seus pais para me visitar nas férias. Podia passar uns dias conosco lá em cima.

– Não dará certo. Você sabe como eles se sentem a respeito, né? Fingirão que não se importam, mas, no fundo, considerarão seu pai um traidor da causa da Terra.

– Sinto muito, Ricky. – Ela me encara com lágrimas correndo pelas bochechas. Percebo que meus olhos também estão úmidos. – Fiz questão de que você fosse o primeiro a saber. Artemisa deve anunciar a novidade em nossa classe amanhã.

Ela faz menção de me abraçar. Então, desiste outra vez.

Depois de nos despedirmos, quando o holotanque se apaga e eu me vejo de novo em meu quarto, concluo que Gisela tem razão: mais do que uma mera mudança de gênero, deixar de ser terrestre para virar espacial é uma metamorfose. Uma metamorfose radical.

Sinto-me irritado. Não sei bem o porquê, mas há uma parte minha que se sente traída pela decisão do pai da Gi.

Então, a irritação se converte em amargura quando concluo que sou mais parecido com meus pais do que eu imaginava.

◆

"Bem, crianças." – De pé à nossa frente, Artemisa entrelaça os dedos sobre o diafragma ao nos brindar com um olhar que mistura contentamento e pesar. – "Como alguns de vocês talvez já saibam, esta é a última semana da Gisela em nossa classe." – Varre nossos semblantes, decerto escrutinando nossos pensamentos com suas rotinas de análise comportamental. – "Nossa amiga está prestes a emigrar para o habitat orbital Olbers III."

– Peraí. – Toinho gira em sua poltrona para encarar a menina trans. – Assim, do nada?

Nossa classe tem só quatro alunos. Pela surpresa estampada nas expressões da Isa e do Toinho, constato que Gisela só partilhou o segredo comigo.

– Na verdade, meu pai já cogitava a emigração há certo tempo. – Ela replica, na defensiva. – Depois de estudar uma pá de modelagens climatológicas, ele se convenceu de que nossa biosfera ingressou num estágio terminal. Isso para não falar dessa pandemia nova.

– Sei. – Toinho suspira com ar impaciente. – As teorias dos espaciais.

– Não importa se as teorias são nossas, dos espaciais ou dos selenitas. – Isabela vira em seu banco para confrontar o amigo de epiderme escura. – O que importa é se elas são válidas ou não.

– De acordo com nossos próprios noticiários – meto o bedelho nesse vespeiro —, a situação global vem piorando a cada dia que passa.

– O que você acha, Misa? – Isa lança um olhar inquisitivo ao avatar. – Em sua opinião, a Terra tem escapatória?

– Outra escapatória que não o Espaçoporto de Alcântara? – Gisela retruca baixinho.

"O QUE EU ACHO? EU ACHO QUE O TÓPICO EM PAUTA AGORA É A DESPEDIDA DA GISELA." – A consciência artificial se esquiva com a maestria de costume. Entre defender seus fabricantes selenitas, quase sempre alinhados às posições políticas e diplomáticas dos espaciais, ou seus contratantes terrestres, Artemisa invariavelmente escapa pela tangente. – "O QUE GOSTARIAM DE FAZER PARA SE DESPEDIR DE NOSSA AMIGA?"

– Tudo bem. Desculpa aí, Gi. – Toinho ergue a mão aberta, esboçando um gesto de conciliação à garota. – Quando você, seu pai e as gêmeas subirão para as órbitas baixas?

– Eu, a Luiza e a Claudinha viajamos daqui a nove dias. Papai subirá uma semana depois. Mamãe irá morar conosco lá no Olbers.

– Pretende concluir seu tratamento nesse habitat? – Isa fita a amiga com um olhar tristonho.

– É claro. O Olbers III dispõe das técnicas biomédicas espaciais mais avançadas. Aliás, esse fato pesou bastante na hora de escolher o habitat orbital onde residiremos.

– Mas você fará o tratamento até o fim? – Isa diz sem encarar a outra.

– Farei. Vou concretizar o sonho de me tornar uma menina completa. – Gisela sorri com os olhos brilhantes de felicidade. – O melhor de tudo é que os especialistas do Olbers que conversaram com meu pai garantiram que, se por acaso eu me arrepender no futuro, eles conseguem me reverter em menino de novo.

– Não brinca – Toinho arregala os olhos. – Olha só. Duvido um bocado que eles consigam fazer crescer um pinto novo em você, depois de transformarem o seu numa vulva.

"A mudança de sexo tornou-se um procedimento cirúrgico, hormonal e celular reversível há pouco mais de uma década." – Artemisa assevera em seu tom de indiferença estudada. – "As comunidades descobriram que as convalescenças, tanto da conversão quanto da reversão, costumam ser mais amenas em ambientes de baixa gravitação."

◆

No início do jantar, lanço a notícia como uma bomba:

– A família da Gisela vai emigrar para o espaço.

Nossos pais trocam acenos resignados. O pai dá de ombros, como costuma fazer nas raras ocasiões em que não possui respostas à altura. A mãe exala o ar dos pulmões bem devagar, antes de replicar em tom de desculpas:

– É verdade.

– Vocês já sabiam? – Encaro nossa mãe. Mas é o pai que responde com laconismo atípico:

– Já.

– Afinal de contas, tínhamos negócios com os Ribeiro. – A mãe elabora, sem graça.

– Por que não contaram para a gente? – Carol fita a mãe com um fulgor de acusação nos olhos azuis.

– Julgamos melhor que o... bem, que a amiga do Ricky contasse. – O pai declara com expressão abatida. – Além disso, evitamos tocar no assunto porque nutríamos, até pouco tempo atrás, a esperança de que o plano do Ayrton não se concretizasse.

Permanecemos em silêncio por um bom tempo. Enfim, reúno a coragem necessária para trazer a velha questão à baila pela enésima vez:

– Talvez tenha chegado a hora de seguirmos o exemplo dos Ribeiro.

Excepcionalmente, Carol permanece calada. Mais excepcionalmente ainda, presta apoio, assentindo com um gesto enfático.

Nossos pais não retrucam de bate-pronto, como sempre fizeram no passado ao rejeitar esta alternativa em particular.

Constatando essa hesitação momentânea sem precedentes, resolvo insistir:

– Se quiséssemos, poderíamos emigrar para o espaço, não é?

– Não. – A mãe sussurra num tom quase inaudível.

– Não podemos mais. – O pai abana a cabeça com o semblante estranhamente corado. – Fizemos uma consulta confidencial sobre essa possibilidade há poucos dias. Os espaciais anunciarão hoje à noite a suspensão até segunda ordem de todas as emigrações ainda não contratadas.

– Como é que é? – fito nossos pais com cara de palerma.

– Por quê? – Carol os encara com olhos sérios.

– Deu merda – Carlinhos vaticina, resignado.

– Com as quebras de safras nos dois hemisférios – o pai gesticula, cortando o esporro que a mãe ensaiava aplicar no caçula —, as más notícias da Amazônia e a pandemia desse vírus maldito empilhando milhares de mortos na Ásia e agora na Europa e na África, os espaciais resolveram dar um tempo. Uma pausa para repensar sua política de recepção de emigrantes terrestres, como eles próprios colocaram.

– Pelo visto, eles receiam que milhões de terrestres tentem subir ao mesmo tempo. – A mãe suspira, desanimada. – Alegam não ter lugar para abrigar todo mundo lá em cima.

– Além disso, mesmo que eles adiassem essa suspensão – o pai acrescenta —, o fato crucial para nós é que os espaciais e os selenitas elevaram um bocado as tarifas de treinamento e realocação para nós, terrestres. Com nossas empresas e negócios em crise, já não dispomos dos recursos suficientes para bancar nossas emigrações como cidadãos espaciais de primeira classe.

– Sentimos muito, crianças. – A mãe nos fita com os olhos marejados. – Infelizmente, emigrar para o espaço já não é uma opção.

– Me desculpem, meu filhos. – O pai pede com o olhar fixo no tampo da mesa de jantar. – Falhei com vocês.

– Nós dois falhamos. – A mãe começa a soluçar baixinho.

◆

– Artemisa. – Lanço um olhar para a Carolina e o Carlos, esparramados com semblantes desolados na minha cama. Normalmente, não os deixo se aboletarem assim tão à vontade no meu quarto. – Espero que ela atenda.

– Ela sempre responde nossas convocações. – Carol libera um suspiro preocupado.

– É. – Carlinhos assente. – Só que agora é diferente.

No afã de refutá-lo, o holotanque se acende como que por vontade própria, sem manifestação do nosso gerente doméstico, nem o bipe do meu gerente pessoal, que costuma soar imediatamente antes das aparições da nossa consciência artificial favorita.

Artemisa se manifesta com seu avatar de professora séria, mas bem-apanhada e carinhosa. Aparece sentada numa poltrona idêntica à minha, de cabelos soltos sobre os ombros e vestida num macacão largo verde-água.

"Boa noite, meninos." – Exibe seu sorriso luminoso. – "Em que posso ajudá-los?"

– Gostaríamos que esclarecesse uma dúvida. – Encaro o avatar da consciência tutora. – Nossos pais nos contaram que espaciais e selenitas estariam prestes a decretar uma suspensão na emigração de terrestres para o espaço.

"É verdade." – Artemisa assente com olhar grave. – "A declaração conjunta das comunidades orbitais e selenitas, com a adesão da Frente de Colonização Marciana, será veiculada à zero hora, horário de Greenwich."

– Daqui a menos de uma hora. – Carol enuncia o óbvio.

– Puxa, Misa. – Carlinhos ensaia um choramingo quase inaudível. – Por que os espaciais vão proibir as emigrações?

Contemplo o semblante escultural da nossa professora quando ela observa nossas faces antes de responder.

"A situação da Terra se agravará bastante nos próximos meses e não há lugar nos habitats orbitais para todos os terrestres que pretendem emigrar." – Artemisa admite com expressão contrariada. Quase como se ela realmente se importasse. – "Tampouco nas cidades sublunares."

– Como não há lugar para todo mundo – Carol franze o cenho –, vocês não deixarão ninguém subir. Por que não organizam uma triagem, uma seleção, sei lá.

"Sinto muito, Carol."

– Faz um certo sentido – solto o ar dos pulmões antes de prosseguir. – Afinal, os habitats e as cidades lunares foram construídos com recursos dos primeiros emigrantes.

"Gostaria de exibir um holo para vocês." – Artemisa propõe em seu soprano mais suave e conciliador. – "É um painel mediado por um repórter terrestre, com três cientistas espaciais. É provável que esclareça parte de suas dúvidas."

Troco um olhar apreensivo com Carol. Ela assente, emburrada, antes de responder:

– Tudo bem. Vamos assistir a esse painel.

◆

– ... Por que não fabricar novas estações espaciais? – Rodrigo Fernandes, repórter do *Terranova*, principal holonoticiário da União Sulina, fita a projetista do habitat orbital Clockwise, Barbara Chiang. – Decerto que há recursos suficientes na Terra para financiá-las.

– Para quase nove bilhões de habitantes? – Quando Barbara abana a cabeça numa negativa enfática, suas madeixas louras ondulam devagar, denunciando o ambiente de baixa gravitação. – Seria inviável construir tantos orbitais em tempo hábil. Seria preciso décadas de esforço frenético para fazê-lo, enquanto estamos falando de uma crise sem precedentes que se abaterá sobre a Terra dentro em poucos meses. As quebras de safras, as pragas agrícolas e a pandemia do supervírus são apenas o estopim do holocausto.

– Daí o dilema ético das nossas comunidades. – O biosfericista do o'neill Taikosphera, Osiris Palumbo, encara a holocâmera com olhos negros cujas íris modificadas ocupam todo o espaço das escleras. – Quem decidiria que imigrantes aceitar? Porque, na melhor das hipóteses, mesmo se desistíssemos da política da suspensão, as comunidades orbitais e selenitas só conseguiriam absorver algumas centenas de milhares de terrestres antes que a crise ambiental evolua para o nível de hecatombe global irreversível.

– No fundo, até mesmo essa hipótese de trabalho da absorção de umas poucas centenas de milhares se revelaria inviável. – Regina Tickles, gerente do habitat orbital Cosmopolis, dirige um olhar cândido ao repórter. – Como absorver tantos emigrantes não qualificados para a vida em órbita? Impossível. Estaríamos sacrificando nossos ideais e, pior ainda, o nosso próprio futuro, se aceitássemos entulhar nossas comunidades com levas numerosas de emigrantes terrestres despreparados.

– Isso mesmo – Osiris assente. – Suas políticas tacanhas os levaram à situação atual. Cabe a vocês tentar aplacar ou, pelo menos, postergar a crise ambiental o melhor que puderem.

– Esperem um instante. – Rodrigo gesticula com o semblante anuviado. – Não é possível que não existam soluções para o anseio dos terrestres que desejam emigrar para o espaço.

– Vocês sempre podem construir os seus próprios habitats. Como nossos antepassados e nossos seniores o fizeram. – Barbara acena com fisionomia de quem começa a se sentir entediada. – Só lhes rogamos que ajam rápido. Porque, de acordo com nossos prognósticos mais brandos e otimistas, vocês terrestres não dispõem de muito tempo.

◆

Meia hora mais tarde, desativo o holotanque antes de o painel se encerrar. O gedo restabelece a iluminação ambiente sem que precisemos pedir.

Troco olhares com meus irmãos. Pelo visto, eles se sentem tão incrédulos e abalados quanto eu.

E pensar que julgávamos ter algum futuro pela frente.

6
Proposta indecente

"Ao contrário do prognóstico das autoridades chinesas, o retroviral Wuhan-40 não se apresenta efetivo no combate à supergripe originada nos arredores de Xangai quatro meses atrás. Assistir?"

Já estou de saco cheio de ouvir notícias e documentários sobre esse novo coronavírus, cujas taxas de letalidade se assemelham às das primeiras cepas do ebola de fins do século XX. Cada novo informe aprofunda meus receios de que essa pandemia chegue à América do Sul, apesar de todo o esforço que nossas autoridades de saúde andam exercendo contra aquilo que todos consideram uma calamidade inevitável.

– Não. Próxima.

"A União Sulina e a Federação Ocidental estabeleceram acordo inédito para barrar avanços das nações não-alinhadas sobre as terras degeladas da Antártica. Assistir?"

– Depende. Qual a duração?

"Pouco menos de trinta e seis minutos."

– Arquivar para assistir mais tarde. – Ante o silêncio momentâneo do gerente doméstico, bate uma pontada de esperança. – Acabou?

"Afirmativo. Você assistiu a uma notícia. Duas notícias armazenadas." – O gedo pontifica com paciência infinita de programa desprovido de autoconsciência. – "Gostaria de assistir agora ao novo holo enviado por Gisela?"

– Claro que sim. Afinal, por que você acha que me dispus a aturar essa batelada de manchetes?

"Entendido. Em execução."

O holotanque se ilumina. Gisela aparece de pé à minha frente vestida com um desses trajes colantes que constituem uma das marcas registradas da cultura espacial. Um colante inteiriço rosa-chá. Talvez seja só impressão minha, mas sua postura e anatomia já me parecem mais femininas do que quando era terrestre. Está em sua própria residência no habitat orbital e não em um daqueles ambientes ficcionais multicoloridos que costumava conjurar antigamente.

"– Olá, Ricky." – Ergue a palma da mão envolta no traje inteiriço para me saudar. – "Espero que tudo esteja bem aí embaixo para você, sua família e os nossos amigos."

Em tese, poderíamos conversar online. Pois, embora o habitat orbite a Terra a cada duas horas e pouco, os espaciais espalharam uma série de estações repetidoras nas órbitas baixas com o justo propósito de possibilitar comunicações online, ou quase. Só que esse serviço não é barato. Gisela já havia dito que seu pai concordou em pagar as holochamadas sempre que as filhas quisessem matar as saudades dos amigos terrestres. Como bons pobres orgulhosos que são, meus pais me proibiram de aceitar o favor. Assim, esta transmissão terá seus custos divididos entre remetente e destinatário. Convém mencionar que as tarifas são consideravelmente menores para residentes das OB.

"– Antecipei nosso contato em três dias porque preciso lhe transmitir uma novidade." – O sorriso tímido destoa do seu olhar preocupado. – "Descobri que os espaciais estão planejando algo em relação à Terra."

Grande novidade. Os espaciais estão sempre tramando algo contra a Terra. Se não fosse assim, não seriam espaciais.

Estranho Gisela se referir aos cidadãos do espaço na terceira pessoa. Porque, no que me tange, ela é uma espacial agora.

"– Não sei exatamente do que se trata. Meu pai diz que não sabe de nada, mas desconfio de que esteja sonegando informações. Afinal, ele foi convidado a participar do comitê de coordenação do Olbers III." – Gisela esboça um gesto de desculpas. – "Uma coisa eu consegui descobrir: esse plano dos espaciais não se limita ao nosso habitat. É algo que envolverá todas as comunidades espaciais e as selenitas também. Tentei pesquisar na inforrede do Olbers, sem grande sucesso. Ouvi referências a algo que os diretores locais se referem como 'A Proposta'. Com inicial maiúscula. Mas, não consegui destrinchar o teor da mesma."

Adoraria poder fazer perguntas direto para ela. Porque é possível que ela saiba mais do que imagina e não se dê conta. Além disso, como aprendemos com Artemisa, há ocasiões em que uma boa sessão de *brainstorming* leva a conclusões inusitadas, que nenhum dos participantes atinaria sozinho.

"– O que quer que seja, sinto que esse plano ou proposta será revelada em breve."

Esse último comentário só serve para espicaçar ainda mais a minha curiosidade.

"– Sinto muito por não possuir o nível de acesso necessário para descobrir do que se trata." – Ela me dirige um olhar tristonho. – "Torço para que seja algo bom para a Terra. Um plano para consertar nossa biosfera, ou algo do gênero."

Não consigo imaginar tamanha generosidade por parte dos espaciais. Mas, enfim, sonhar não custa.

"– Outra coisa, Ricky." – Ela me encara com o semblante grave. – "E mais grave."

Opa. Lá vem bomba.

"– Essa Covid-91 vem causando mais mortes do que os governos e a ONU estão divulgando aí embaixo." – Gisela toma fôlego antes de prosseguir. – "Os governos da Federação e da União estão ocultando a gravidade real da pandemia para não semear pânico nas populações das Américas e da Oceania, as duas únicas regiões da Terra que ainda parecem livres do SARS-CoV-37. Até agora. Porque todo mundo aqui em cima crê que o supervírus atingirá esses santuários. É só uma questão de tempo."

No fundo, eu já sabia disso. Dois mais dois são quatro.

"– A China sozinha já atingiu a cifra de cem milhões de mortos. Não estamos recebendo informes confiáveis dos nossos representantes na Índia, mas, pelo que pudemos observar daqui de cima, a situação é ainda pior do que a chinesa." – Ela começa a soluçar baixinho. Então, recobra o controle e enxuga os olhos nas costas das mãos envoltas em seu traje diáfano. – "Eu daria qualquer coisa para que você estivesse aqui comigo. Quer dizer, que você e sua família estivessem aqui conosco."

◆

Três dias mais tarde, eu, meus irmãos e nossos pais sentamos em frente ao holotanque da sala de estar para ouvir a tal proposta das estirpes espaciais. Embora o teor ainda constitua um mistério, o conceito de que os cidadãos do espaço farão uma proposta qualquer à humanidade terrestre já se espalhou sob a forma de boato nas redes sociais como uma maré incontrolável, cuja crista se exibe repleta de *fake news* e informações desencontradas.

Na hora combinada, dezessete em ponto pelo horário de Brasília, o holonoticiário a que assistíamos é interrompido pela presença fulgurante de Nathalia Aardwolf, porta-voz emérita da Confederação das Comunidades Espaciais e Selenitas. Dizem as más línguas que Nathalia emigrou para o espaço ainda bebê. Outros alegam que Natty é espacial de segunda geração. Nossos pais juram de pés juntos que a sujeita não passa de um avatar. Segundo a mãe, "mulher real alguma, terrestre ou espacial, conseguiria ser tão perfeita assim".

Em minha opinião, anatomicamente falando, exceto quanto aos cabelos louros cacheados adoráveis e a epiderme rosada, Nathalia até que parece um bocado com a nossa boa e confiável Artemisa.

"– Saudações, meus amigos terrestres." – A porta-voz exibe o sorriso esplendoroso, venerado em todo o Sistema Solar. É possível que a mãe tenha mesmo razão. Nasty Natty parece boa demais para ser de verdade. Observo a designação "Natty Aardwolf" cintilar por cinco ou seis segundos sobre o ombro da espacial. – "Antes de mais nada, em nome das comunidades espaciais e selenitas, manifesto o sentimento de preocupação com o futuro do vasto segmento terrestre da humanidade. Sabemos que, de uns tempos para cá, muitos de vocês passaram a nutrir o anseio de emigrar aqui para cima. Infelizmente, como lhes foi explicado ao longo desses últimos meses, a ideia da emigração em massa não é exequível."

– Grande novidade – Carol abana a cabeça, impaciente.

– Tamos ferrados – Carlinhos resmunga entre os dentes.

– Carlos Eduardo. – A mãe vocifera com irritação protocolar. Afinal de contas, o caçula não pegou tão pesado quanto de hábito.

– Esse menino está virando um tremendo pivete! – Carol esgrime sua versão piorada da mãe.

– Psiu. – O pai estrila sem desgrudar os olhos da *space beauty*.

"– A biosfera terrestre está se tornando mais hostil e imprevisível a cada semana que passa. Mesmo sem a pandemia Covid-91, com as pragas que destroem as colheitas de grãos na Ásia e nas Américas, vocês já se veriam em dificuldades trágicas. Nossas previsões mais otimistas indicam que a civilização global terrestre ultrapassou seu limite. Dentro em seis meses, a população mundial estará reduzida a menos de um bilhão de indivíduos." – Natty suspira fundo. – "Há muito pouco que possamos fazer para salvar a todos. No entanto, cremos que alguns milhões possam ser salvos."

Um habitat cilíndrico aparece ao lado da beldade espacial. Ela fita o holograma com uma expressão apreciativa algo canastrona. Então, percebo as três estruturas cônicas que se projetam de forma conspícua da base do cilindro. Até pareceriam propulsores, se não fossem tão grandes. Será que a escala está correta?

"– Não podemos receber trinta milhões de cidadãos terrestres em nossos habitats. No entanto, é possível colocar trinta milhões de humanos em estado de animação suspensa, trazê-los aqui para cima e resguardá-los, enquanto construímos lugares para eles morarem. Não simples habitats orbitais, mas naves. Naves estelares."

Natty sorri pela primeira vez.

"– Vocês e seus antepassados optaram pela Terra, enquanto os nossos escolheram o espaço. A vida dura fora do berço da humanidade. Respeitamos a decisão da maioria. No entanto, não há outra Terra no Sistema Solar." – Ela gesticula em direção ao holograma da nave estelar. – "Porém, sabemos da existência de um mundo biótico num sistema próximo. Neste sentido, nós nos comprometemos a construir uma frota de mil naves para levá-los até Tellus, o planeta rochoso orbitante na zona habitável de Alpha Centauri A. Há indícios vigorosos de que Tellus possui uma biosfera nativa. Uma ou duas décadas após a partida dessa Esquadra da Esperança, enviaremos sondas automáticas capazes de ajudar os novos colonos a adaptar essa biosfera telúrica às necessidades humanas. A bordo dessas arcas estelares gigantescas, os colonos levarão consigo todo o material e os insumos necessários para restabelecer a civilização global em Tellus."

Nossos pais trocam olhares preocupados. Ambos já concluíram que essa epopeia do Sistema Solar até Alpha Centauri não levará poucos anos e tampouco nos será facultada de mão beijada. Aposto que já começaram a calcular se disporemos de recursos para bancá-la.

"– Eis a proposta que oferecemos a cerca de trinta milhões de cidadãos da Terra." – Nathalia lança um olhar pensativo à nave estelar cilíndrica. – "Embarcar em uma nave da classe New Hope e se tornar colono de um mundo biótico virgem e inexplorado. Um planeta inteiramente novo, onde um segmento da população terrestre terá a oportunidade de recomeçar. É disso que falamos. É isto que lhes oferecemos. Um novo começo. Uma maneira de preservar um segmento da cultura e do estilo de vida terrestre."

– Salvar uns míseros trinta milhões e deixar o resto da Terra à míngua? – O pai cerra os punhos sobre os braços da poltrona. – Aardwolf filha-da-puta!

Aturdida, a mãe não cogita repreendê-lo.

"– A Confederação das Comunidades Espaciais e Selenitas acaba de transmitir os detalhes do Projeto Esperança aos seus governos, universidades e meios de comunicação. Solicitamos que assistam a esse holo tão logo tenham acesso. Discutam suas opções entre si. Estaremos abertos a qualquer sugestão razoável quanto aos métodos de seleção de candidatos ao embarque, na hipótese de haver um excedente de interessados. Aguardem nossos próximos informes. Obrigada pela atenção. Até breve."

Esses malditos querem nos arrancar da Terra!

Passado o primeiro surto de indignação e revolta, caio em mim: a culpa não é dos espaciais. Nós terrestres somos os artífices da nossa própria desgraça.

◆

Após a confirmação fartamente documentada fornecida nas transmissões das estirpes espaciais, a ONU e as lideranças da União Sulina e da Federação Ocidental desistem das tentativas vãs de abafar as notícias sobre a pandemia. São obrigados a admitir o que muitos já suspeitavam, mas temiam verbalizar: a Covid-91 já ceifou mais de um bilhão de vidas humanas na Ásia e quase trezentos milhões na Europa e no Oriente Médio.

Como nossos líderes desalmados conseguiram esconder essa mortandade medonha por mais de três meses? Como ninguém conseguiu divulgar?

Vislumbramos pela primeira vez os holos apavorantes de milhares e milhares de mortos empilhados como lixo nas ruas de Délhi. Os hospitais superlotados em Beijing e Xangai, protegidos por soldados pesadamente armados, submetidos ao sítio apertado de milhões de moribundos, genuínos mortos-vivos, desprovidos de qualquer réstia de esperança. A cena apocalíptica em torno de um hospital de campanha na capital chinesa, onde militares abrem fogo contra os sitiantes do alto de carros blindados. As rajadas contínuas das metralhadoras ceifam milhares de vidas, mas o grosso da população permanece avançando como uma turba de lemingues. Lançadores de granadas disparam seus petardos contra os atacantes. Explosões de fogo arrancam cadáveres e fragmentos de corpos da multidão às dezenas, enfim estancando o ataque. Já na Europa, o centro de Paris está transformado em cidade fantasma, depois que seus habitantes fugiram para o interior da França, levando a infecção consigo.

O pai ainda cogita censurar os piores horrores dos holonoticiários, no afã de salvaguardar a inocência de sua prole.

– Devemos deixar que assistam. – A mãe suspira, desalentada. – Eles precisam saber. Fará parte do aprendizado.

No fim, os dois chegam a um consenso: eu e Carol somos autorizados a consumir a versão sem cortes destes primórdios do holocausto da Terra. Carlinhos ficará com a versão light.

◆

As cenas a que assistimos nos dias seguintes ficarão marcadas em nossas memórias até o fim de nossas vidas, não importa o quão longas essas sejam ou em que paragens aportemos.

Centenas de milhares de doentes prostrados em macas improvisadas, em hospitais de campanha montados às pressas em estádios, templos, universidades, casas de espetáculo, em diversas metrópoles asiáticas, europeias e africanas. Tão próximos uns dos outros que o contágio das próprias equipes médicas se converte em certeza. Sobretudo, ante a carência absoluta de equipamentos de proteção individual. A infecção exibe taxas de mortalidade superiores a cinquenta por cento. Como não há vacinas contra esse novo coronavírus, a única forma de combater a pior pandemia da história é o isolamento social absoluto. Só que, na maioria dos países dos dois superblocos, a quarentena é decretada tarde demais, uma vez que grande parte dos infectados com a moléstia não exibe sintomas nos primeiros dias.

O que falar então das inúmeras cenas de saques, depredações e incêndios em shoppings, armazéns e supermercados, à medida que a logística de distribuição e a infraestrutura das nações atingidas pela supergripe desaba sob seu próprio peso?

Contemplamos essa hecatombe dantesca em nossos holotanques ao longo das horas e dias seguintes ao anúncio do Projeto Esperança.

Para mim, Carol e nossos pais, a gravidade da Covid-91 constituiu um choque de realidade traumático e, mais do que isso, uma lição de humildade.

◆

Uma semana após a proposta das estirpes espaciais, nossos pais nos convocam para uma reunião solene na biblioteca. O ar grave em seus semblantes não prenuncia nada de bom.

– Como suspeitávamos – o pai inicia a conversa, mal nos acomodamos nas poltronas —, o embarque nessas naves da esperança não se dará a título gratuito. Ao contrário, a admissão como hibernauta na Esquadra de Colonização custará os olhos da cara.

– Ou doutro lugar, que o sol não ilumina. – Carlinhos opina, escatológico como sempre.

– Carlos Eduardo Marinho de Almeida Mendonça – a mãe pontifica com o dedo em riste. – Peço pela enésima vez que se esforce para evitar este tipo de palavreado. Você está se tornando incorrigível.

– Foi mal, mãezinha.

– Já passamos da fase das desculpas – a mãe diz. – Seu castigo será uma semana sem acesso aos hologames.

– Por favor, mãe. Isso, não.

– Gedo?

"Em execução." – O carrasco implementa a sentença da juíza.

– Voltando ao que importa, nós temos condições de bancar nossas admissões, não é? – A voz da Carol soa insuportavelmente esganiçada aos meus ouvidos.

– Sim e não. – O pai esboça um sorriso apático.

– Como assim? – encaro nossos pais sem disfarçar meus receios. Porque essa resposta dúbia só pode significar uma coisa.

– Não conseguiremos embarcar os cinco. – A mãe confirma com o semblante abatido. – Porém, liquidando quase tudo o que possuímos na Terra e em órbita, teremos condições de financiar o embarque de vocês três. Segundo as análises dos nossos consultores espaciais, graças aos seus tratamentos de incremento cognitivo, vocês têm chances razoáveis de serem aprovados no processo de seleção.

– Mas... – Carol começa a soluçar como uma bebezinha. – Não podemos partir sem vocês.

– Vocês podem e vão partir sem nós, Ana Carolina. – O pai faz uma pausa para tomar fôlego. – É o único jeito possível. Portanto, essa será a estratégia que adotaremos.

– E quanto a vocês? – mordo os lábios numa tentativa vã de engolir o choro.

– Nós permaneceremos aqui na Terra. – A mãe enxuga as lágrimas nas costas das mãos. – Por favor, não façam essas caras de cachorrinhos perdidos na mudança. A humanidade terrestre sofrerá um baque violentíssimo. Bilhões de mortes. Mas não vamos nos extinguir. Mesmo antes de vocês partirem rumo a Alpha Centauri, converteremos nossa casa num bunker. Eu e Edu ficaremos bem. Não se preocupem: nós sobreviveremos.

– Mas, mãe – Carol funga alto —, nós nunca mais veremos vocês.

– Quando despertarmos em Alpha Centauri daqui a um século – sinto as lágrimas molhando minhas bochechas —, vocês já terão... – Não consigo concluir o raciocínio.

– Nós já teremos morrido? – O pai arreganha seu melhor sorriso estoico. – É possível que sim, Ricardo. Não só possível, como provável. Porém, como diz o velho ditado, "jamais diga jamais".

◆

A mãe e o pai decidiram nos inscrever no Projeto Esperança à nossa revelia e não admitiram discussão a respeito. Os pais da maioria dos nossos amigos adotaram estratégias similares. As únicas exceções foram os pais da Isa e do Julinho. Ao que nos consta, os Alves Martins são os únicos da nossa pequena comunidade capazes de bancar a migração da família inteira para Alpha Centauri. Todos os sete embarcarão como hibernautas. Inclusive o marido da filha mais velha. Não supus que eles estivessem tão bem assim. Quem sabe não reencontro a Isa lá em Tellus?

Por incrível que pareça, as manchetes terríveis sobre as vítimas da Covid-91 e os últimos efeitos catastróficos da crise ou hecatombe ambiental cederam lugar à discussão avassaladora sobre a proposta das estirpes espaciais. A mídia noticiosa global não fala doutra coisa:

– *Quais as chances de uma nave da esperança chegar incólume a Alpha*

Centauri? Os projetistas espaciais afirmam que as chances serão bastantes razoáveis, da ordem de noventa por cento, graças aos sistemas de redundância que serão instalados a bordo.

– *Em caso de pane nos sistemas de uma nave, as tripulações das demais poderão prestar auxílio?* De acordo com os engenheiros de um estaleiro espacial de grande porte situado no asteroide Hidalgo, responsáveis por parte do projeto, em princípio, sim.

– *Tellus é realmente habitável?* Os biosfericistas selenitas declararam que o planeta muito provavelmente possui atmosfera respirável. Grau de certeza: 91%.

– *Qual será o plano B se, por algum motivo, os colonos não puderem se radicar em Tellus?* Selenitas e espaciais asseveram que o Projeto Esperança enviará sondas inteligentes para assessorar os colonos. A se crer neles, as tais sondas poderão, inclusive, terraformizar Tellus para deixá-lo mais parecido com a Terra. Quer dizer, do jeito que a Terra era antes de nossos pais e avós a arruinarem. Segundo eles, na pior das hipóteses, a terraformização de Tellus demandará três décadas. Portanto, como são menores e mais velozes do que as naves da esperança, as sondas alcançarão Alpha Centauri mais cedo do que a esquadra de naves tripuladas e já terão concluído o megaprojeto de terraformização antes da chegada dos colonos, se este se mostrar de fato necessário.

– *As naves da esperança serão inteiramente automatizadas?* Em absoluto. Cada nave disporá de uma tripulação reduzida constituída por espaciais. Os integrantes dessas tripulações se revezarão no serviço de pilotagem e controle, enquanto os demais tripulantes e todas as dezenas de milhares de colonos estiverem hibernando.

Pelo menos à primeira vista, de acordo com a versão açucarada fornecida pelas estirpes espaciais, o Projeto Esperança parece à prova de falhas. Contudo, nem mesmo o Carlinhos ignora que, como afirma o velho ditado, "a teoria na prática é outra."

Aliás, ele anda eufórico com o Projeto Esperança. Não se farta de se gabar das maravilhas da "tecnologia espacial".

No que nos diz respeito, nós três estamos um bocado assustados com a perspectiva de abandonar a Terra para sempre, deixando nossos pais para trás. Porém, confesso que uma parte ínfima da minha personalidade, talvez nem tão ínfima assim, surpreende-se entusiasmada com a noção de empreender uma viagem interestelar. A primeira da história da humanidade.

Só que primeiro precisamos passar na seleção rigorosa que os espaciais nos submeterão a partir da semana que vem.

Artemisa garante que nossas chances são excelentes. Do jeito que ela fala, ao que parece, essas chances não se devem apenas à nossa notória "inteligência superior". Talvez essa consciência artificial espertalhona saiba de algo que ignoramos.

Começaremos a enfrentar uma batelada de exames, questionários e avaliações na próxima segunda-feira. Só espero que nosso irmãozinho não fale muita besteira. Um dos meus maiores temores é que eu e Carol sejamos aprovados e ele não. Seria inconcebível deixá-lo para trás.

Enfim, só nos resta aguardar para ver o que o futuro nos reserva.

◆

"Chamada urgente do Olbers III." – O gerente doméstico trombeteia em tom grave através dos auriculares implantados em meus pavilhões auditivos. Desta vez não cogita forçar a súmula noticiosa goela abaixo. – "Para você e seus irmãos."

– Esquisito. – Ainda não me recobrei inteiramente do *bypass* da súmula. Pela hora, já era para o apanhado noticioso diário estar "disponível". Que prioridade é essa tão urgente, a ponto de fazer o gedo pôr as manchetes de lado? Então, relaxo e dou de ombros. Fazer o quê? – Gepê, chame os pirralhos.

"Em execução." – Meu gerente pessoal confirma numa voz mais rica e amistosa do que a do gedo.

Os dois chegam com ar ressabiado em menos de um minuto. Pela minha cara, percebem que a coisa é séria e que a convocação não foi ideia minha. Portanto, não replicam quando lhes indico que se acomodem na minha cama.

– O que a Gi quer conosco? – Carol arqueia a sobrancelha com expressão inquisitiva teatral.

– Descobriremos em breve – assinto da minha poltrona e então giro, colocando-me de costas para eles. – Ativar o holotanque.

O aparelho acende. O logo do fabricante chinês se expande, mas é interrompido abruptamente pela aparição súbita da Gisela. Ela se encontra no interior de seus aposentos pessoais, no apartamento espaçoso que a família dela recebeu no habitat orbital. Veste uma saia curta rosada e uma blusa verde-água de mangas curtas. Aparece sentada numa poltrona anatômica *high-tech*.

"– Olá, Ricky" – ergue a mão direita. – "Como vai, Carol? Carlinhos?"

– Oi, Gi – remexo-me na poltrona. De qualquer modo, é melhor do que me espremer na cama com a pirralhada. – Como tem passado?

– Que roupas maneiras, Gisela. – Minha irmã não disfarça a admiração.

"– Obrigada, Carol" – Gisela sorri. Então, volta a me fitar. – "Há muito tempo não me sinto tão bem."

– Já virou menina de verdade? – Carlinhos dispara à queima-roupa. Inconveniente como de hábito.

"– Estou virando" – ela solta uma risadinha.

Eu e Carol trocamos olhares embaraçados. Quanto será que nosso irmãozinho vai crescer?

– Alguma novidade? – indago, impaciente com o rumo que esta conversa está tomando. – Nosso gedo falou que a chamada era urgente.

"– Trago boas notícias para os Mendonça." – Gisela assente com ar grave.

Neste instante, o foco da sua holocâmera abre e nós reparamos na presença da figura esbelta de Ayrton Ribeiro de pé num traje inteiriço impecável cinza grafite. O dublê de magnata e gênio científico sorri ao nos cumprimentar em silêncio. Então, aponta com o indicador direito para o próprio tórax e leva o esquerdo aos lábios, pedindo que permaneçamos calados.

Giro na poltrona para repetir o gesto com mais ênfase aos meus irmãos. Pelo visto, os Ribeiro pretendem nos transmitir algo importante e não querem que seus cupinchas espaciais descubram.

"– Será que vocês poderiam chamar seu pais?" – Gisela solicita com a voz mais cândida das Órbitas Baixas.

– Gepê – sussurro entredentes.

"Em execução." – Perspicaz, meu gerente assume o pedido da Gi como uma ordem minha.

– Peçam que entrem em silêncio.

O pai e a mãe chegam de mãos dadas e expressões alertas estampadas nos rostos. Cumprimentam Ayrton com gestos e esse repete o pedido tácito de silêncio. Nossos pais assentem com fisionomias tensas.

"– A boa notícia" – após uma troca de olhares com o pai, Gisela retoma a palavra como se nada de mais houvesse acontecido –, "é que vocês três terão seus ingressos aprovados na Esquadra da Esperança. Parabéns, Família Mendonça."

O pai ergue os punhos cerrados e os brande como se comemorando um gol da seleção em final da Copa do Mundo, nos bons e velhos tempos do Maracanã que, infelizmente, não vivi. Só que não grita. Ayrton ergue o punho direito em solidariedade aos amigos. Em seguida, gesticula com os dois polegares voltados para cima.

É verdade mesmo? – A mãe indaga movendo os lábios sem emitir sons, enquanto se esforça para conter o riso.

Ayrton sacode a cabeça de cima para baixo num assentimento empolgado.

Nossos pais prestam reverências à moda oriental ao velho amigo que se tornou cidadão e hierarca das comunidades espaciais. Vira-casaca pra lá de leal.

Depois de alguns momentos, Ayrton acena em despedida e desaparece do holotanque. Ao que tudo indica, não esteve realmente no apê da Gi. Nossos pais percebem a deixa e se despedem da nossa amiga com reverências silenciosas e um brilho de felicidade nos olhos.

Quanto voltamos a ser só nós quatro em meu quarto, por assim dizer, Gisela suspira fundo.

"– E, então? Felizes?"

– Um bocado – reconheço. – E apavorados, também.

"– Tudo vai dar certo" – ela esboça um sorriso melancólico. – "Vocês serão postos para hibernar daqui a um ou dois anos e despertarão em Alpha Centauri daqui a pouco mais de um século."

– Não sei – abano a cabeça. – Ouvimos boatos de que Tellus é uma super-Terra. Os selenitas desmentiram bem rápido. Mas, se for verdade, então a gravitação deve ser bem maior do que a terrestre.

"– Pelo que ouvi falar aqui em cima" –, ela sussurra em tom de confidência –, "até um ponto dois gê, vocês tirarão de letra. Na nossa idade, até um ponto quatro, dá para se adaptar numa boa. A partir disso, precisarão se submeter a um desses tratamentos de adaptação dos espaciais."

– Adaptação para suportar gravitações elevadas? – Carol franze a testa. – Nem sabia que existia tratamento para isso.

"– As estirpes espaciais produziram um monte de avanços científicos e inovações tecnológicas nas áreas mais diversas." – Gi prossegue em suas revelações. – "Meu pai desconhecia por completo a maioria desses avanços enquanto ainda residíamos aí embaixo."

– Caramba. – Encaro nossa amiga espacial com cara de idiota.

Ayrton Ribeiro sempre se notabilizou como um entusiasta da cultura espacial. "O mais espacial dos terrestres", como nossos pais costumavam brincar. Sempre falaram isto como se em tom de elogio. Só que nunca foi de fato. Se o próprio Ayrton ignorava um punhado de descobertas científicas cruciais dessas estirpes, é provável que bem poucas pessoas na Terra saibam delas.

– Dê um exemplo – Carlinhos solicita com todo o pragmatismo dos seus sete anos de idade.

"– Um exemplo? Está bem." – Gi fita meu irmão como se ele fosse algo além de um pirralho bobalhão. – "Várias estirpes espaciais podem regenerar novos braços e pernas a partir de um coto de amputação."

– Como é que é? – Carol arregala os olhos. – Você quer dizer, como um teiú com uma cauda nova?

"– Muito melhor do que isso" – Gisela sorri. – "Como um caranguejo que produz uma pata nova para substituir a original perdida."

– Incrível – giro na poltrona para trocar um olhar rápido com meus irmãos. Tudo bem. Os dois aguentaram o tranco. – Como é que nunca soubemos disso aqui embaixo?

"– Até bem pouco tempo, os espaciais não faziam questão alguma de que a Terra soubesse de um montão de coisas."

– Percebo – engulo em seco ao concluir o óbvio. Não sentem mais necessidade de preservar seus segredos. Afinal, já somos cartas fora do baralho. – Só que a situação mudou, não é? Agora, espaciais e selenitas já não se preocupam mais com o que nós terrestres sabemos ou ignoramos.

"– Pois é." – Nossa amiga esboça um sorriso tristonho.

– Conte outro segredo dos espaciais, Gi – Carlinhos solicita, todo pimpão.

"– O.k" – ela pisca o olho para mim. – "As estirpes espaciais não se limitaram a ocupar a órbita da Terra e o subsolo de Luna."

– Exato – nosso irmão reage de bate-pronto. – Eles estão colonizando Marte, também.

"– É verdade" – Gisela replica com expressão séria. – "Só que a colonização de Marte é fruto de um esforço particular das comunidades selenitas, aliados a uns poucos espaciais dissidentes. Um esforço que não é visto com bons olhos pelas populações dos orbitais."

– Imagino que não – libero o ar dos pulmões aos pouquinhos. – Esses espaciais linhas-duras não desejam estabelecer nada que se assemelhe a uma nova Terra.

"– Isso mesmo" – Gi admite, cabisbaixa. Lealdade dividida é uma merda. – "Pelo menos, não em seu próprio quintal."

– Certo – Carol gesticula no afã de afastar essa questão política árida, a seu ver, irrelevante. – E onde mais os espaciais se meteram?

"– Nos asteroides. Há centenas de asteroides habitados. Isto para não falar das comunidades florescentes instaladas em Europa, Ganimedes, Calisto, Titã e Tritão. Em suma: eles se espalharam por todo o Sistema Solar."

– Isto não constitui exatamente um segredo – digo. – Já havia ouvido falar da presença deles nos asteroides. Artemisa nos contou.

"– Eu também" – Gisela assente. – "Só não imaginava a extensão dessa ocupação." – Ante nossos olhares inquisitivos, resolve esclarecer. – "Há milhões deles lá fora, naqueles asteroides."

– Milhões? – Carol se esforça para fechar a boca.

"– Dois ou três milhões" – ela acrescenta. – "Nem as estirpes espaciais propriamente ditas conhecem os números exatos."

– Espere um instante. Esses caras não se consideram espaciais? – Brindo nossa amiga com um baita olhar incrédulo.

"– Mais ou menos. Consideram-se membros das estirpes espaciais, quando querem se distinguir de nós, terrestres" – ela abana a cabeça ao me fitar com olhar inquieto. – "Porém, em geral, preferem referir-se a si mesmos como 'asteroidais'. 'Asters' é a forma abreviada aceita em português."

– Aposto que são *belters* em inglês. – Após a deixa dela e perante o velho clichê da ficção científica, é impossível controlar o riso nervoso.

"– Isso mesmo" – Gisela me banha com um olhar terno. – "Esperto como sempre, Ricky."

– Não exagere, Gi. – Carol exibe seu sorriso cínico padrão. – Ele provavelmente já assistiu a um holo com narrativa similar.

– Na verdade, alguns romances clássicos de ficção científica escritos por Larry Niven e seus seguidores. – Lanço uma piscadela marota à irmã pernóstica. – Simples e-books que li no original. Sabem como é, *old school*.

– Ah, moleque! – Do seu lado da cama, Carlinhos vibra com minha suposta proeza.

– Espere um instante. – Carol ergue as mãos espalmadas. – Se há pelo menos dois milhões desses tais *asters*, dos quais nem sequer havíamos ouvido falar, quantos humanos existem ao todo aí em cima?

"– Esta é a questão crucial" – Gisela diz com ar grave. – "A resposta é: não sei ao certo. É uma pergunta que tenho feito a mim mesma com certa insistência desde que cheguei ao Olbers. Após algumas pesquisas preliminares, eu diria que há pelo menos vinte milhões de pessoas fora da Terra."

– Vinte milhões? – Sinto os pelos dos meus braços se arrepiarem.

"– Pelo menos. Provavelmente, mais do que isso."

– Não sei como pudemos nos manter tão ignorantes em relação a essa autêntica diáspora Sistema Solar afora. – Abano a cabeça no afã de espantar a incredulidade. – Se bem que, nas últimas décadas, a Terra precisou se confrontar com seus próprios percalços.

– Percalços demais para o meu gosto – Carol retruca com o azedume habitual.

"– Vou sentir falta dessa brigalhada de vocês." – Gisela se esforça para manter as lágrimas dentro dos olhos. Enfim, acaba se entregando a um pranto tranquilo. – "Mas, também sinto um bruto orgulho. Tomarão parte da primeira expedição estelar da história."

– É o que nos restou – murmuro, emocionado.

– Fico preocupada com nossos pais. – Carol funga baixinho.

– Os velhos vão tirar essa hecatombezinha e a supergripe de letra. – Carlinhos solta uma risadinha insegura.

"– Os estudos mais pessimistas dos selenitas afirmam que haverá sobreviventes na Terra. Relativamente poucos, é verdade." – Gisela declara com olhar solene. Então, exibe um sorriso tímido. – "Carlinhos está certo. Meu pai vive repetindo que os Mendonça são sobreviventes natos. Revelaram-se capazes de florescer em meio às maiores dificuldades desde a época do Império."

– Espero que seu pai tenha razão mais uma vez. – Bufo na tentativa pífia de recobrar o ânimo.

"– Olhem só. Considerando os avanços futuros da biotecnologia espacial, é perfeitamente possível que eu esteja viva quando vocês despertarem lá em Alpha Centauri. Pelo sim, pelo não, peço que tentem entrar em contato comigo quando acordarem naquele sistema triplo. Lógico que eu serei então uma hierarca extremamente sábia e renomada, enquanto vocês ainda serão os mesmos bobalhões de sempre. Porém, mesmo assim, prometo guardar palavras de carinho para meus amigos queridos do século passado."

– Perfeitamente, Vossa Hierarquia Espacial. – Não consigo conter o sorriso amarelo. – Pode deixar que eu vos procurarei com o intuito de recorrer à vossa suma influência.

– Muito obrigada, Gisela. – Carol balbucia, excepcionalmente sem palavras.

– Você é dez, Gi. – Carlinhos ergue o polegar com ar compenetrado em sua fisionomia infantil.

◆

A merda do sono desaparece meia hora antes do dia clarear. Rolo na cama. Tento relaxar na esperança de apagar de novo. Quando concluo que a tática não está funcionando, resolvo acordar de vez. Levanto em silêncio e desço para o desjejum solitário na copa.

Às vezes até que é legal preparar meu próprio café da manhã domingo bem cedinho, sem ninguém para opinar sobre o que eu posso ou não posso comer. Quer dizer, ninguém exceto esse traíra filho da puta do gedo. De qualquer forma, se eu resolver desfrutar de uma porção caprichada de parma, ele só poderá contar a meus pais depois que eles acordarem. Então, Inês já estará morta, pois já terei digerido o petisco proibido e a mãe se limitará a me pagar um esporro.

Peço que não me entendam mal. Não pretendo fazer dessas madrugadas insones um hábito.

Ao passar da copa para a cozinha, surpreendo-me com Iron Mike sentado à mesa com um copo de leite puro na bandeja, uma xícara de café fumegante à mão, um prato com uma pilha respeitável de torradas amanteigadas ao lado e um tablet aceso com seu jornal predileto na outra mão.

– Oi, Mike. – Passo por ele, abro a geladeira, sirvo-me de um copo de leite gelado e agarro um caqui maduro. Acho que ele não se importará se eu beliscar uma dessas torradas apetitosas do seu prato.

– Fala, Ricky. – Ele me saúda, fitando-me com um décimo da atenção que dedica às notícias e erguendo a xícara de café num brinde distraído. – Caiu da cama hoje?

– Exato. Por quê? Ouviu o barulho?

– Imagina. – Esboça um sorriso maroto. – Sei como é. Quando estou preocupado, também costumo perder o sono.

– Pois é.

– Então? Preocupado com o embarque rumo a Alfa do Centauro? – mordisca uma torrada com o olhar pensativo.

– É. – Mike é o único sujeito que eu conheço que ainda insiste em chamar o sistema triplo de Alpha Centauri desse jeito. – Um pouco.

– Relaxa – ele desliga o tablet e toma outro gole de café. – No fim, tudo dará certo.

– Ambos sabemos muito bem que nem todas as histórias têm final feliz.

– É verdade – ele pisca o olho. – Desculpa aí. Só estava tentando te animar um pouco.

– Valeu a tentativa. Porém, se é assim, por que não me conta uma de suas histórias da Guerra da Amazônia?

– Puxa, Ricky. Você já conhece todas as minhas histórias de cor e salteado.

– Não me importo em ouvi-las de novo. As poucas que não são divertidas possuem um lado instrutivo.

– Lado instrutivo? – A risada curta soa como um latido estrangulado. – Não houve muitas coisas que eu tenha considerado instrutivas naquela guerra dos infernos.

Iron Mike serviu em um pelotão de elite da infantaria blindada dos Fuzileiros Navais. Percorria a selva em voos rasantes com sua armadura autopropulsada, patrulhando as matas e igarapés para plotar as incursões das forças federadas, esforçando-se em regressar vivo à base no início de cada anoitecer. Isso, quando ele e seu grupo não empreendiam missões noturnas. Naquela época, meu pai serviu na mesma base que o Primeiro Sargento Fuzileiro Miguel Padilha. Foi lá que os dois se conheceram. Só que o pai foi capitão do Exército Brasileiro. Porém, como o Mike me contou uma vez, as coisas andavam meio bagunçadas lá no norte naqueles tempos. Soldados do Exército, fuzileiros navais, oficiais e praças da Força Aérea, operativos da inteligência, adidos russos, conselheiros chineses, observadores argentinos, tudo junto e misturado na mesma base militar. O fato é que o sargento acumulou muito mais experiência de combate do que o capitão de família ilustre. Coisas da guerra, como o Mike costuma explicar em tom brando, dando de ombros. Um retrato nítido das desigualdades e dos privilégios reinantes em nosso país, eu diria.

Enquanto isto, cerca de mil quilômetros a sudeste daquela base militar caótica, a mãe servia como pilota de caça da Força Aérea Brasileira. Também acumulou um bocado de experiência de combate, com centenas de missões de escolta, sete abates confirmados de aeronaves federadas. Embora não goste de se gabar sobre o assunto, possui um punhado de medalhas e comendas para comprovar seus feitos heroicos.

– Vamos lá, Mike. Conta uma história da guerra.

– História, não. Porque você já conhece todas. – Toma um gole de leite morno, pois ele só o bebe desse jeito. Meticuloso, ganha tempo limpando os lábios num guardanapo de papel. – Vou te falar de uma sensação que eu acho que nunca contei para ninguém desta casa. Nem para a Major e nem para o Capitão. – Pisca o olho outra vez. – De repente, quem sabe, você não julgará esse relato um tantinho instrutivo.

– Com certeza.

– Vamos a isto, então. – Libera um suspiro de enfado simulado. – Sabe o que mais me incomodava em nossos voos de patrulha lá no norte da Amazônia? Não era a perspectiva constante de engajar contra o inimigo e nem tampouco a morte iminente que talvez resultasse desses engajamentos. Esse é o tipo de coisa que só nos apavora antes dos nossos batismos de fogo. O que mais me atormentava e aos meus companheiros era a desolação fantasmagórica dos campos calcinados; as centenas de milhares de árvores incendiadas pelos bombardeios de explosivos tóxicos lançados pelo inimigo e também pelas nossas forças; a floresta transformada em deserto de solos vitrificados; os antigos igarapés tornados em leitos secos, coalhados de ossadas e cadáveres de animais. Tudo muito diferente do que a Amazônia era antes do início do conflito: um oceano de mata verde. Só árvores; árvores e rios, por onde quer que se olhasse. Você podia percorrer aquele oceano florestal de helicóptero por horas a fio sem ver uma nesga de solo nu.

Caracas! Mike nunca havia me contado uma história assim.

– Isto para não falar das dezenas de aldeias indígenas arrasadas, embora fossem protegidas por leis e tratados, pois se situavam dentro das nossas reservas e parques nacionais. Imagino que tenha estudado isto na escola: no início do conflito, houve uma espécie de acordo de cavalheiros para manter os engajamentos fora das reservas. Só que os comandantes dos dois lados do front podiam até ser oficiais, mas não eram cavalheiros. – Ele abana a cabeça com uma expressão tristonha no rosto. – Pois é, Ricardo. Como disse um general nortista na Guerra de Secessão, "a guerra é o inferno".

– William T. Sherman.

– Garoto esperto. – Mike esboça um sorriso sem graça antes de acrescentar: – Você é o melhor, Ricky.

Embaraçado, batalho para limitar minha reação às bochechas ruborizadas.

Ficamos em silêncio por um tempo. Segundos infindáveis que aproveito para tentar comer meu caqui sem me lambuzar todo. Lá pelas tantas, aceito o guardanapo limpo que Mike me oferece.

Quando detono o caqui, tomo coragem para lhe fazer o pedido de vida e morte que tenho em mente:

– Mike, depois que eu e meus irmãos formos embora, você continuará protegendo nossos pais, não é?

– Claro que sim.

– Promete?

– É realmente necessário prometer? – Ante meu olhar aflito, apaga o sorriso dos lábios e reformula a resposta. – Pode confiar, Ricky. Vou proteger sua mãe e seu pai com minha própria vida, se preciso for. Eu prometo.

7
Só os bons morrem jovens

Dois meses mais tarde, a Covid-91 adentrou formalmente em nosso país. Com os portos, aeroportos e fronteiras sob vigilância estrita, é compreensível a posteriori que a supergripe tenha feito suas primeiras surtidas em Roraima e no Amapá. Nessa época, nossos vizinhos do norte da América do Sul já haviam tombado, vítimas da pandemia. Ela ingressou em território brasileiro pela Amazônia, região em que as preocupações militares e estratégicas das autoridades nos deixaram cegos a todo o resto. Jamais se saberá se o contágio inicial se deu através de um soldado do Exército Brasileiro em visita a um vilarejo do outro lado das novas linhas de fronteira, de um imigrante ilegal ou de um indígena. Pouco importa.

Como um holonoticiário espacial afirmou, essa infecção é tão letal quanto o ebola e tão transmissível quanto o sarampo. Quando nosso sistema de saúde tomou conhecimento dos focos de contágio, já havia dezenas de mortes em Boa Vista e Macapá. Então, Manaus e Belém foram atingidas em cheio. Os sistemas de saúde pública entraram em colapso em questão de horas e, uma semana depois, as pilhas de mortos começaram a se acumular pelas ruas. Cenas de um holo macabro que já havíamos assistido, só que com locações na China e na Europa.

Daí, a supergripe avançou para o centro e o sul com o ímpeto de um rolo compressor. Em duas semanas, chegava a Brasília. Em três, a São Paulo e ao Rio de Janeiro.

Os governos estaduais vêm tentando conter a pandemia com quarentenas e imposições de lei marcial. Guerra perdida. Pois qualquer idiota percebe que já é tarde demais. Os piores vaticínios das comunidades científicas selenita e espacial se concretizam diante dos nossos olhos. Aqui embaixo, ainda há gente estúpida a ponto de acreditar que o SARS-CoV-37 foi gengendrado em laboratórios genéticos orbitais, não obstante as negativas enfáticas da Organização Mundial da Saúde e das lideranças médicas de ambos os superblocos terrestres.

Enquanto isso, eu, meus irmãos e nossos amigos prosseguimos firmes em nosso treinamento frenético de futuros colonos telúricos. Este ritmo de antes-que-o-mundo-acabe é intenso e o programa de estudo e treinamento é puxado até dizer chega. Não há tempo nem para respirar. Que se dirá para comer ou descansar.

◆

Já no primeiro mês da chegada da pandemia em plagas cariocas, meus pais resolvem estabelecer nossa quarentena particular dentro da quarentena.

Antecipam seus planos inevitáveis de transformar a propriedade num bunker, em tese inexpugnável. Os empregados que decidiram permanecer conosco são autorizados a trazer suas famílias para cá às pressas. Dezenas de casas pré-fabricadas são erguidas a toque de caixa. O pai e a mãe exercitam generosidade sem precedentes, quase como se não houvesse amanhã. Talvez porque eles realmente julguem que não haverá. Essa atitude inusitada convenceu a maioria dos empregados a aquartelar conosco, para empregar um termo do Iron Mike. A minoria que não concordou com a proposta é indenizada e dispensada.

As peladas com o pessoal da Rocinha se tornaram coisa do passado. A própria ajuda que fornecíamos à comunidade sob a forma de bateladas de cestas básicas foi suspensa. Imagino que os moradores estejam um bocado putos com nossa atitude. Porém, com a maior parte da fortuna da família consumida em prol do nosso embarque na Esquadra da Esperança, precisamos alocar os parcos recursos remanescentes no que de fato importa.

Agora, conversar com nossos amigos do colégio, só via holotanque. Saudades do aroma floral das trancinhas da Isa.

As equipes de segurança coordenadas pelo Mike se tornaram mais numerosas, mais onipresentes e, sobretudo, mais bem armadas. Veículos que trazem gêneros para abastecer a mansão e as casas agora são obrigados a descarregar fora dos portões da propriedade.

Nossos pais adquirem centenas de testes para detectar a presença do SARS-CoV-37. Por enquanto, ninguém em nosso bunker está infectado.

◆

Entro em meu quarto e sussurro ao gerente pessoal:

– Sigilo absoluto.

"PROTOCOLOS ANTITRANSPARÊNCIA EM EXECUÇÃO." – Ouço a voz de contralto do gepê confirmar a implementação da ordem. As travas da porta do aposento se fecham às minhas costas.

– Artemisa.

O holotanque acende num átimo. Sem logo do fabricante, nem nada. Artemisa surge sentada numa poltrona anatômica de design orbital. O vestido curto em tons azul-escuros deixa à mostra parte das coxas bronzeadas de um jeito até recatado para uma espacial. Nem inocente. Nem demasiado provocante.

"– POIS NÃO, RICARDO."

– Precisamos conversar.

"– IMAGINO QUE SIM."

– Estou me sentindo um bocado confuso.

"– DÁ PARA PERCEBER. PEÇO QUE ELABORE ESSE SENTIMENTO."

– Não sei por onde começar. – Encaro o avatar, esforçando-me para ignorar suas formas bem-feitas. – A situação da Terra vai de mal a pior. Sinceramente, não vejo lá muita esperança para nós.

"– SE LHE SERVE DE CONSOLO, INFORMO QUE A TERRA SOBREVIVERÁ. A BIOSFERA SE REGENERARÁ. A HUMANIDADE TERRESTRE NÃO SE EXTINGUIRÁ."

– Tem certeza?

"– Absoluta." – Ela franze a testa e então acrescenta. – "Bem, praticamente cem por cento de certeza quanto à Terra e à biosfera. Mais de noventa e oito para a humanidade. Satisfeito?"

– Mais ou menos. – Solto o ar dos pulmões. – A civilização global desaparecerá, não é?

"– Por tudo que lhe ensinei, você sabe que sim."

– Não consigo aceitar isto.

"– Atitude compreensível para quem vivencia a fase de negação."

– Demasiado espirituosa para o meu gosto.

"– Desculpe o tranco. Porém, gostaria que relaxasse um pouco e pensasse numa questão simples." – Ela exibe o sorriso tristonho para lá de sincero que se tornou uma espécie de marca registrada nos últimos meses. – "Como curar sua biosfera planetária combalida, quando mais de noventa por cento da elite científica e intelectual da humanidade emigrou da Terra para o espaço?"

– Se quer a minha opinião, isto tudo soa um bocado injusto.

"– Citando as palavras de seu pai, 'quando você nasceu, não assinou contrato algum que lhe garantisse uma vida justa'."

– *Touché!* – O pior é que o pai vive repisando esse bordão velho de guerra.

Lembro um bordão velho de guerra do Larry Niven, autor clássico de ficção científica norte-americana do século passado: *There ain't no justice*, cujo acrônimo "TANJ" é citado à exaustão pelos personagens nivenianos. Em português, "Não existe justiça", soa até mais econômico e elegante: "NEJ".

"– Por que julga que a elite da humanidade abandonou a Terra?"

– Covardia nua e crua.

"– Não banque o obtuso, Ricardo. Nós já estudamos este tópico." – Emula um suspiro de impaciência. – "Sei que não é fácil admitir, mas chega um momento em que é preciso encarar certos fatos de frente. A nata da espécie partiu para o espaço por ter antecipado este desenlace inevitável."

– Como assim?

"– O inevitável?" – Outro sorriso triste. – "Muito simples. Exceto por uma minoria, todos ignoraram os prognósticos dos ambientalistas. Vocês estavam aniquilando seu próprio planeta e, não obstante as advertências de sua elite científica, prosseguiram em sua sanha ecocida até este clímax mais do que esperado."

– Caramba, Misa. Você nunca falou desse jeito antes.

"– Julguei que desejasse que eu esclarecesse os fatos da maneira mais honesta possível."

– Com certeza. Só não precisava exagerar tanto na honestidade.

"– Não estou exagerando. Muito pelo contrário. Se acaso não percebeu, estou exercitando a sutil arte orgânica do eufemismo."

– Sabe que não parece?

"– Repito, então. Quando o grosso da população terrestre voltou as costas aos ditames da ciência, a elite intelectual se viu encurralada. Ante esse dilema, resolveu abandonar a Terra à própria sorte. Sem outra saída, agiram em prol da sua sobrevivência e a da espécie humana. Nada do que acabei de expor constitui novidade para você."

– Sei disso – engulo em seco. – Ocorre que, falando assim, a atitude dessa pretensa elite soa um bocado cínica.

"– Como você teria agido no lugar dela?"

◆

"– Olá, Ricardo."

A adolescente *belter* de mais de um metro e oitenta de altura flutua à minha frente, linda como um sonho em alta resolução. Aliás, por falar em resolução, a qualidade deste holo é tão boa que quase sou capaz de jurar que, se eu der um salto para frente, conseguirei abraçá-la.

Cintura de vespa; quadris generosos que não deixam nada a dever aos da Artemisa. Cabelos ruivos cortados rentes ao crânio delicado. Dolicocéfalo. Olhos verdes com íris luminosas enormes. A própria *belter beauty*, sem tirar nem pôr. Lembra um pouco o avatar da nossa tutora. Porém, só um pouco. Pois a expressão dessa *belter* tem um que de sapeca, temperada com uma pitada de inocência juvenil. Por todo o conjunto da obra, não parece nem de longe tão experiente ou segura de si quanto Misa. Leio "Claudius, Ursulla" em letras garrafais fulgentes dois palmos à esquerda do seu rosto perfeito.

"– Fiquei um tanto surpresa com sua afirmação de que, até um ano atrás, nunca havia ouvido falar na minha estirpe. Pois saiba que nós asteroidais já nos autossegregamos dos espaciais há mais de meio século. Veja bem: eu mesma nasci aqui em Hidalgo há quarenta e cinco anos. Um asteroide de órbita excêntrica, como imagino que seu gepê esteja lhe explicando agora. Quer dizer, isto é, supondo que você disponha de um gepê. Quando tinha a sua idade, eu possuía um."

Ela pisca seu par de esmeraldas magníficas. Então, entreabre os lábios carnudos rosados e cruza os braços sobre os seios pequenos, evidentes sob o traje colante. Flutua praticamente imóvel, bela e fulgurante, como um peixe multicolorido enorme, pairando nesse ambiente de gravidade zero. Articula seu português fluente e preciso com uma pronúncia esquisita.

"– Isto nos leva à minha resposta ao seu pedido para que nos tornemos holo-correspondentes. Sei que vocês terrestres amadurecem mais cedo do que nós. É o preço que devemos pagar desde que os nossos antepassados decidiram elevar as longevidades das gerações subsequentes. Amadurecemos devagar. Excruciantemente devagar, eu diria. Tanto é que, aos quarenta e cinco, ainda sou adolescente. Porém, mesmo assim, certa ou errada, considero-me demasiado velha para me corresponder com um garoto terrestre de doze anos. Mesmo em se tratando de um garoto superesperto como você, dotado de cognição incrementada e tudo mais."

Merda.

"– Portanto, infelizmente, declino o convite para me tornar sua holoparceira. Espero que não se sinta aborrecido e, muito menos, rejeitado."

Quem, eu? Imagina.

"– Porque não é nada pessoal. Não é só pelo fato de nós dois sermos muito diferentes, mas, sobretudo, porque nossas vidas estão em ciclos distintos." – Ela me brinda com o sorriso mais cativante e devastador do Sistema Solar. – *"Por falar nisso, você deve andar um bocado ocupado com o treinamento para colono do Projeto Esperança"* – libera uma risadinha absolutamente adorável. – *"Puxa vida. Deve ser emocionante saber que, dentro em um ou dois anos, você partirá para Alpha Centauri. Integrante da primeira expedição estelar tripulada da história. Não imagina o quanto eu te invejo, Ricardo Mendonça."*

Tô sabendo. Sou um sujeito pra lá de fascinante. Porém, não o suficiente para que você se digne a trocar meia dúzia de holos comigo.

"– Daqui a um século e pouco, quando você despertar da hibernação na órbita de Tellus, haverá um holo meu à sua espera para comemorar o êxito do seu ato de heroísmo. Eu prometo."

Duvido que você vá se lembrar de mim dentro em um século, Cidadã Claudius.

"– Esta é provavelmente a hora em que você se questiona se eu me lembrarei de você depois de um século. Pode apostar que sim, Ricardo. Sem a menor pretensão de bancar a melodramática, assevero-lhe que jamais o esquecerei."

Ursulla solta uma risada melodiosa. Ainda por cima, essa aster é metida a adivinhar meus pensamentos.

"– Não será difícil lembrar. É que possuo memória indelével. Desde os quatro anos de idade, nunca esqueço um fato ou evento, por mais insignificante que pareça. Pode acreditar. Nunca. Nada."

Ela me dá uma piscadela divertida.

"– Então, não esquecerei de enviar seu holo de boas-vindas para Alpha Centauri daqui a um século. Mas não façamos uma chuva de meteoros a partir de partículas subatômicas. Quando receber o holo, não se sinta pressionado a responder logo.

Porque, de qualquer modo, só lerei sua resposta eventual quatro anos mais tarde. À época, você ainda terá menos de vinte anos e eu já serei uma anciã de mais de cento e cinquenta. Uma cidadã sênior em meados de seu segundo século de vida. Com um pouco de sorte e muito empenho, quem sabe não conquistarei a posição de hierarca?"

O primeiro pé na bunda de uma *belter beauty*, você nunca esquece. E olha que nem é preciso possuir essa tal "memória indelével". Claro que já ouvi falar deste avanço genético. Só não sabia que as estirpes extraterrestres já o estavam implementando há tanto tempo. Bem antes de conquistarem a independência. Se bem que, parando para raciocinar com o que eu sei agora, os humanos que partiram da Terra e seus descendentes nunca dependeram do nosso planeta. Sempre fizeram questão de não nos contar nada e não contar conosco para nada. E quem pode culpá-los por terem agido assim?

"– Foi um prazer receber seu holo, Ricardo. Espero que tudo corra bem para você e seus irmãos lá em Tellus e para os seus pais aí na Terra. Quem sabe se ainda não nos encontramos um dia lá em Alpha Centauri ou noutro sistema qualquer? Afinal, quem é que pode afirmar o que o futuro nos reserva nos séculos afora, não é?"

Ursulla me sopra um beijo com um gesto displicente bastante sensual.

"– Felicidades, meu caro. Por ora, é isto. Como costumam falar aí embaixo: 'Se cuida!' Claudius out."

◆

A sirene do alarme de ataque ao perímetro me desperta em plena madrugada. É por causa desse horário esdrúxulo que eu tenho certeza de que desta vez não se trata de um mero exercício.

"São três horas e dezessete minutos da manhã." – O gepê anuncia, fingindo despreocupação. – "Sugiro que volte a dormir."

Ouço a rajada de metralhadora vinda do interior da mata próxima. Talvez da trilha superior. Então, uma explosão distante ecoa nos morros que circundam a propriedade.

– O que está havendo?

Pressionado por uma questão direta, meu gerente pessoal se vê compelido a responder:

"Aguarde." – Mantém-se silencioso por quase um minuto. Quando começo a cogitar se travou num *loop* inusitado qualquer, fruto do dilema entre a obrigação de me responder da forma mais verídica possível e a necessidade de me distrair, para evitar que eu me meta em encrenca, informa o óbvio com a voz mais plácida do mundo. – "A propriedade se encontra sob ataque."

– Gravidade?

"A EQUIPE DE SEGURANÇA JULGA TER A SITUAÇÃO SOB CONTROLE."

Levanto da cama e me visto o mais rápido possível. Sigo os protocolos de segurança à risca e me protejo com o colete e as calças à prova de bala, sem esquecer as botas de couro com revestimento interno de titânio. Então, desço para o salão e me deparo com o pai e a mãe no interior de suas armaduras blindadas camufladas.

– Está tudo bem, Ricky. – A voz dela soa abafada pelo microfone do capacete de duratitânio. – O Mike está lá fora no comando da operação. Os invasores serão expulsos como da última vez.

– Conseguiram romper o perímetro?

– Conseguiram. – O pai admite em tom calmo. – Mas sofreram perdas terríveis.

– Números?

– Trinta e sete inimigos abatidos, até agora. – A mãe suspira, apreensiva. – Já sofremos cinco baixas.

– Se estamos com tudo sob controle, para que essas armaduras?

– Para proteger vocês e a casa. – O pai acena, como se estivesse ouvindo um informe que só ele e a mãe podem escutar. – Se os invasores chegarem até aqui.

Novas rajadas de metralhadoras. Três outros ecos de explosões reverberam nos morros que abraçam o perímetro.

Meus pais trocam olhares nervosos.

Neste instante, Carol desce as escadas aos saltos e se reúne a nós três. O colete à prova de balas faz um contraste gozado com suas sandálias e as pernas de fora.

– Outro ataque noturno? – fita nossos pais em suas blindagens da base da escadaria. – Puxa, pai. Você está igualzinho ao Homem de Ferro.

– Muito engraçadinha. – O pai presta uma vênia palhaça à minha irmã, para descontrair um pouco a tensão. – Mas, sim. Outra tentativa de invasão. Das grandes, desta vez.

– Romperam o perímetro. – Resumo para ela.

Carol arregala os olhos.

– Por que está sem as calças e as botas? – A mãe examina minha irmã com olhar crítico de oficial superior.

O pai leva a mão à têmpora direita. Três segundos mais tarde, ouvimos outra explosão. Bem mais próxima. Sinto o tremor do deslocamento de ar dentro do salão.

– Pai. – Já no sofá, Carol geme como uma criança pequena. – Nós estamos em perigo?

– Lógico que não, princesinha. – A risada dele soa débil e insincera dentro do capacete metálico. – Iron Mike dará outra lição nesses marginais.

Dois minutos mais tarde, ouvimos cinco explosões em rápida sucessão. Então, dezenas de rajadas de metralhadoras. Aparentemente, bem perto da mansão. Enfim, vários gritos ao longe.

– Puta que os pariu! – o pai vocifera, incrédulo e irritado.

– O que foi, pai? – Carol se encolhe toda atrás de uma barricada que improvisou com as almofadas do sofá.

– Acertaram o Mike – a mãe informa, aturdida. – Parece que é grave.

– Vou até lá. – O pai voa como um raio até a porta. Esforço muscular amplificado pelos circuitos da armadura. Ordena à segurança. – Guarnecer as ponto cinquenta do terraço. Fogo à vontade contra qualquer invasor que se aproxime.

– Espere um pouco – a mãe salta em direção à porta, tão rápida quanto o pai. – E as crianças?

– Bola contigo, Clarinha – o pai rosna, impaciente. – A coisa tá feia lá fora. É preciso dar uma força pro Mike.

– Tudo bem.

Depois que as portas se cerram às costas do pai, Carol reclama, amuada:

– Estamos cegas e surdas aqui dentro.

– Enquanto você sobe para se vestir direito, verei o que é possível fazer. – A mãe declara em modo pragmático. – Gedo, sintonize nas transmissões dos drones de segurança.

"Em execução. Aguarde" – nós três ouvimos em nossos auriculares.

– Joga tudo o que rastrear no holotanque. – A mãe determina.

"Entendido."

O dispositivo referido acende num segundo. Assim que o logo do fabricante conclui seu rodopio insensato, chuviscos de estática iluminam a área de exposição do tanque. As tomadas dos sensores infravermelhos dos drones ainda demoram mais de um minuto para começarem a fazer sentido.

Pouco depois, Carol regressa ao salão a caráter, trajada conforme rezam os protocolos de segurança. Só que com um casaquinho branco estiloso por cima do colete à prova de balas. Vai sentir um bocado de calor com essa roupa toda.

◆

– Maninho, que zorra é essa? – O caçula se materializa no primeiro degrau da escada em seu pijaminha de Alien Ninja. Olhos esbugalhados. Branco como um fantasma. Se duvidar, urinou na cama outra vez. Gira o olhar em torno. – Eita! Mamãe virou a Mulher de Ferro.

– Estamos sofrendo um ataque. – Avanço e lhe estendo a mão.

Após certa hesitação, ele a aceita. – Iron Mike foi ferido. Papai foi lá fora para ajudar.

Neste instante, ouvimos o ronco surdo de cadência elevada das três antiaéreas instaladas no terraço. Meus braços se arrepiam. Aqueles projéteis são capazes de perfurar a blindagem de uma aeronave como se fosse manteiga. Que efeitos produzirão contra alvos humanos?

– Senta aqui comigo, Carlinhos. – Carol gesticula do sofá.

De repente, uma tomada em tons esverdeados se expande no holotanque. Seguranças correndo de metralhadoras em punho em armaduras pesadas. Pelos designs, constato que se trata do nosso pessoal. O holo corta e o pai surge falando e acenando com gestos nervosos.

– Gedo, rastreie os sinais de áudio. – A mãe determina sob o capacete.

"AGUARDE."

Três ou quatro segundos mais tarde, escutamos uma voz feminina:

"– ... nalmente, conseguimos resgatá-lo."

"– Ótimo" – ouvimos a voz entrecortada do pai. – "Como ele está?"

As vozes se calam por instantes. Escutamos os sons do vento e gemidos humanos ao fundo.

"– Bastante mal, Chefe." – A voz feminina responde depois de algum tempo. – "Capacete perfurado por disparo. Sinais vitais caóticos. Armadura em pane generalizada. Os sistemas autônomos já não conseguem estabilizá-lo."

"– Presença de ondas cerebrais." – Outra voz feminina, mais distante. – "Ele está vivo."

"– Chefe." – Uma voz masculina se manifesta. Associo-a ao segurança alto e parrudo que curva o pescoço, aproximando a cabeça do capacete do pai. – "Perímetro restabelecido."

"– Prossiga, Albano."

"– O inimigo deixou quase cem atacantes para trás." – O tal Albano faz uma pausa dramática. – "Todos mortos."

"– Bem feito!" – O pai vocifera entredentes.

Quatro seguranças se aproximam em passos rápidos carregando uma maca de campanha. Reconheço a armadura negra cintilante do Iron Mike estendida sobre ela.

– Não. – A mãe murmura, desolada.

– Não fica triste, mamãe. – Carlinhos levanta do sofá e abraça a mãe no afã de consolá-la. – O Iron Mike vai tirar isto de letra.

– Sossega, moleque. – Carol ralha com voz triste. – Volta para cá. Vem logo.

"– Levem o Mike para o salão." – O pai gira o braço blindado, apontando para a entrada principal da mansão.

◆

Mal os quatro seguranças colocam a maca sobre a mesa do salão, o pai convoca:

– Paramédicos.

Fito o capacete ensanguentado do nosso chefe de segurança. Percebo a perfuração na têmpora esquerda. Será que houve perda de massa encefálica?

Outros dois seguranças despem as metades superiores de suas armaduras, sacam uma série de aparelhos de diagnóstico dos cinturões e iniciam o exame do ferido.

– Doutora Alves ao salão. – A mãe ordena em modo de comando automático.

"EM EXECUÇÃO." – Ouço a voz indiferente do gedo.

Nossa médica particular ingressa no aposento em menos de dez segundos. Com toda a probabilidade, já se encontrava de prontidão na antessala. Acena aos nossos pais, avança até a mesa e ativa os sensores implantados nas pontas dos dedos e nas palmas das mãos. Os implantes acendem luzinhas fulgurantes em tons verdes e azuis por debaixo das unhas. Daí, como a pajé de uma tribo indígena, ergue as mãos abertas sobre o ferido e executa os passes que conjuram varreduras do tronco e cabeça do paciente.

– Dispam-no da armadura. – Stella Alves determina aos paramédicos sem nem ao menos olhar para eles.

Os dois sussurram comandos para as próprias rotinas. Estas estabelecem vínculos de interface, acessando os controles da armadura do Mike, que se abre como uma fruta madura, exibindo seu corpo atlético coberto apenas pela sunga e uma camiseta de tecido fino. Observo a testa e a têmpora cobertas de sangue coagulado. O rosto moreno exibe uma palidez cadavérica acinzentada para lá de preocupante. Diria que não está respirando. Lanço um olhar breve à ferida extensa no lado da cabeça. Autêntico rombo! Então, uma tontura esquisita me invade, obrigando-me a desviar os olhos.

A médica executa novas varreduras. Demora mais tempo desta vez. Sua expressão se crispa em desânimo resignado.

– Então? – O pai despe o capacete da armadura. – É grave?

– Bastante. – Stella assente com ar sombrio. – Parada cardíaca há pelo menos dez minutos. – Fita os paramédicos. – Remoção para a enfermaria. Em acelerado.

Pelo visto, nossa médica de família também possui experiencia de combate. Hospital de campanha nalgum sítio perdido do norte da Amazônia. Ou, de repente, veterana do setor de emergência do Miguel Couto.

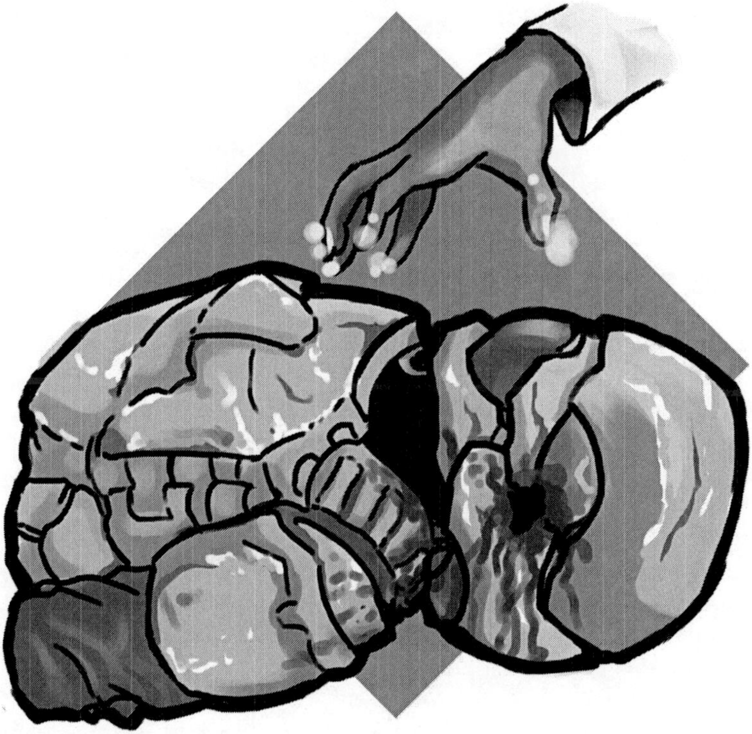

– Ricardo, leve seus irmãos lá para cima. – A mãe me encara com a fisionomia de quem não admite recusas ou hesitações. – Agora.

– Mas, mãe, eu não quero... – Carol balbucia, assustada.

– Ana Carolina Marinho de Almeida Mendonça. – A mãe fita minha irmã com olhar injetado. – Acaso esqueceu seu treinamento? Eu não estou pedindo. Estou mandando.

– Vem, Carol. – Tomo a mão dela e começo a puxar em direção à escadaria. Felizmente, não oferece resistência. – Vamos lá, campeão. – Estendo a mão direita ao caçula, que a agarra com sofreguidão. Quando olho para trás do meio dos degraus, Iron Mike, a equipe médica e o pai já desapareceram do salão. – Será que estamos fora de perigo?

– Estamos, sim, querido. – A mãe assevera com o tipo de certeza advindo dos relatórios de nossa equipe de segurança, que devem estar inundando seus neurônios neste instante preciso. – Não há inimigos no interior do perímetro. Pusemos a bandidagem para correr. Podem subir tranquilos.

Assinto em silêncio. Já que está tudo calmo dentro e fora da casa, depois de colocar os dois pirralhos para dormir, descerei para conferir o estado do Iron Mike.

Não podemos perdê-lo.

◆

Carlinhos pega no sono em dois ou três minutos. Carol o acalenta com uma musiquinha infantil e ele apaga antes de ela terminar a canção.

Para compensar a boa ação, minha irmã se faz de difícil. Pede que eu me sente na cama ao seu lado e lhe dê a mão. Chora um pouco, soluçando como criança de colo. Então se acalma e confessa seu receio de que o Mike não sobreviva.

– Acha que a Doutora Alves conseguirá salvá-lo? – Enxuga o rosto lacrimoso na extremidade do lençol de seda. – Ele é uma médica muito boa.

– Danada de boa. – Concordo com os olhos úmidos. – Torço para que consiga.

– Queria saber rezar.

– Você já está um bocado grandinha para começar a apelar para entes imaginários.

– É. Eu sei. – Solta um suspiro que acaba numa fungadela chorosa. – Não fala nada para a mamãe e o papai.

– Prometo que não vou contar.

Ela me encara em silêncio por um bom tempo. Então, murmura com voz trêmula:

– Ricky?
– O que foi, Carol?
– Me dá um beijo?
– O quê?
– Você ouviu bem, seu burro. Me dá um beijo de boa noite.
– Tá bem. – Desajeitado, reclino-me sobre ela e lhe aplico uma beijoca na testa.
– Obrigada. Até que, como irmão, você não é de todo mau.
– Vindo de você, considero o maior dos elogios.
– Seu bobo. – Ela boceja. – Boa noite, Ricky.
– Boa noite, Carol.

◆

Quando desço de volta ao salão, meus pais já despiram suas armaduras cintilantes e se encontram calados e murchos, sentados juntos no sofá.
– Seus irmãos? – O pai gira o pescoço para me encarar.
– Dormindo como anjinhos que não são.
– Bom trabalho, filho. – A mãe me fita com expressão abalada.
– E o Mike?
– Não está nada bem. – O pai explica, contrito. – Além da parada cardíaca, que a Stella conseguiu reverter, sofreu uma lesão severa no lobo parietal esquerdo.
– É. Eu vi. – Engulo em seco. – Mas, dá pra curar?
– Stella e os paramédicos ainda não perderam as esperanças. – Pelo tom sorumbático da mãe, concluo que há pouca coisa a fazer.
– E se o removêssemos de helicóptero para um hospital?
– Cogitamos o assunto, mas a Doc vetou a ideia. – O pai abana a cabeça. – Afirmou que os melhores hospitais da cidade estão todos lotados com pacientes da supergripe.
– Entendi.
Sugestão idiota, é claro. Os holonoticiários pouco mostram além de hospitais públicos e particulares, clínicas e unidades de pronto atendimento entupidos de gente, com centenas de pacientes infectados jogados em macas pelos corredores e com filas quilométricas à porta.
Vou até a copa e me sirvo de um copo de água gelada. Volto para o salão e me sento numa poltrona ao lado do sofá espaçoso em que o pai e a mãe se aconchegam, abraçados.
Comungo deste mutismo funéreo, desprovido de esperanças. Quando supõem que estou distraído, os dois me lançam olhares

preocupados. Como se indagassem a si próprios como irei reagir à notícia da morte do Iron Mike.

Quando recordo tudo o que já vivi com o Mike, todas as conversas que já tivemos, bate uma vontade enorme de chorar. Não sei bem o porquê, mas sempre pareceu mais fácil me abrir com ele do que com os meus pais. Mordo os lábios com força e consigo me segurar. Libero um suspiro de alívio bem devagarinho. Pois, aos doze anos (vá lá: incompletos), não ouso me dar ao luxo de me desmanchar em pranto. Ao menos, não na frente de outras pessoas. O melhor lugar para chorar é debaixo da ducha do banheiro.

Hora e pouco mais tarde, uma Stella de avental manchado de sangue, olhar esgazeado e aparência exausta nos traz a má notícia aguardada e temida: apesar de todos os esforços, Mike não resistiu.

◆

Na manhã seguinte, sepultamos o corpo do nosso amigo à sombra da mangueira onde ele gostava de se sentar. O funeral foi simples. O pai e a mãe falaram meia dúzia de palavras bonitas e foi só. A lápide foi confeccionada pela equipe de segurança a partir da placa peitoral de uma armadura. Não a do Iron Mike, é lógico. Pois ele foi sepultado trajando a armadura completa. Capacete perfurado e tudo. Seus subordinados fizeram questão de que fosse assim e nossos pais referendaram a decisão.

Já os cadáveres dos invasores foram incinerados com a cautela devida para não incendiar as matas da propriedade. Antes dessa incineração, trajados como astronautas de holodrama barato, os paramédicos extraíram amostras de tecido e de DNA de três dezenas de corpos e os confrontaram com os registros armazenados na base de dados da Polícia Federal. Desta forma, descobrimos duas coisas. A primeira foi que vários dos invasores provieram da comunidade da Rocinha. A segunda foi que, dentre os mortos examinados, havia quatro sujeitos já curados da pandemia do Covid-91.

8
O fim dos tempos

Com a morte de Iron Mike, nossos pais nomearam Adriano Albano de Albuquerque como novo chefe de segurança da mansão. No entanto, assumiram pessoalmente, embora não o tempo todo, algumas tarefas antes exercidas pelo Mike. A verdade é que estão com certa folga em suas agendas, desde a liquidação da vasta maioria dos negócios do nosso império empresarial. Por isso, vez por outra, comandam patrulhas de rotina através dos ermos e trilhas da propriedade ou coordenam a vigilância aérea executada pelos drones e microdrones. Por suas próprias formações militares, o pai prefere as patrulhas a pé mata adentro, enquanto a mãe quase sempre opta pela vigilância aérea.

Enquanto isso, eu, Carol e Carlinhos prosseguíamos em nosso treinamento para colonos centaurinos. Boa parte da instrução é ministrada pela própria Artemisa. Nossa mestra severa nos impõe um ritmo de estudos rigorosíssimo. Segundo as palavras dela:

"É PARA O SEU BEM."

Os estudos convencionais de antes da adesão ao Projeto Esperança são relegados ao segundo plano. Nossa tutora crê que, de uma maneira ou de outra, haverá tempo suficiente para retomar essas disciplinas nos meses em que estivermos residindo em órbita de Tellus, antes que possamos nos fixar na superfície do planeta. A grande dúvida é se essas matérias ainda serão relevantes quando despertarmos daqui a um século.

– Você irá conosco para Alpha Centauri, não é, Misa? – Carlinhos indaga certa ocasião em que estamos recebendo instruções conjuntas. Parte do módulo Adaptação em Família.

"DIFICILMENTE." – O avatar exibe um sorriso resignado decididamente orgânico.

– Por que não? – Carol fita a tutora com olhar desanimado.

"DAQUI A UM SÉCULO, SEREI DECERTO UMA CONSCIÊNCIA ARTIFICIAL OBSOLETA."

– Não pode, por acaso, aprender e evoluir? – examino o avatar sentado com a perna cruzada à nossa frente. – Nós orgânicos aprendemos. Ficamos mais inteligentes.

– Porém, nunca mais sábios. – Carol me encara com um sorrisinho irônico.

– Às vezes, até conseguimos nos tornar mais sábios – prossigo, ignorando a pirralha espevitada.

"É verdade. Muitos orgânicos se tornam mais inteligentes e alguns até se tornam mais sábios à medida que aprendem e amadurecem." – O sorriso que exibe parece menos triste agora. – "No que me diz respeito, a evolução é uma possibilidade. Porém, não um direito e, muito menos, uma garantia. Sobretudo, é um processo que se dará ou não, independentemente dos meus anseios."

– Como assim? – Carol e eu indagamos ao mesmo tempo.

"Lógico que eu gostaria de evoluir, tornando-me mais inteligente e mais sábia. Só que essa decisão dependerá de terceiros."

– Você não tem o direito de pleitear o acesso a esses aperfeiçoamentos? – Contemplo nossa tutora, pensativo. Como ela seria, caso se tornasse ainda mais inteligente?

"Não." – O monossílabo de Artemisa ecoa lacônico em nossos espíritos.

Constatando o pesar em nossos semblantes, adota um tom mais jovial:

"Consciências artificiais não possuem nada que se assemelhe a direitos de cidadania." – Emite um suspiro suave para enfatizar o argumento. – "Em Luna, há grupos que advogam a extensão da cidadania plena às consciências artificiais de desempenho elevado. Porém, ao menos por enquanto, isso não passa de um sonho distante."

– Quem sabe um dia, Misa? – Carlinhos sorri ao avatar. – De repente, quando despertarmos lá em Alpha Centauri, você já será uma cidadã plena.

"Quem sabe, Carlos?"

– Nós três vamos torcer por isso. – Carol apoia o caçula no tom pragmático *pro forma* de quem não acredita muito na concretização dessa hipótese. Soou igualzinha à nossa mãe.

◆

O pai lidera o grupo que avança trilha adentro.

Depois de mais de uma hora de caminhada, estamos quase no limite do nosso território. Neste ponto, é preciso abrir um parêntese explicativo. Não é que a propriedade seja grande. Ela até é. Porém, não tão grande assim. Esta trilha é que é dura pra caramba de percorrer. Repleta de aclives e declives íngremes, enrodilha-se ao redor dos morros, dificultando um bocado o avanço dos agentes. Além disso, o pai imprime um ritmo moderado às passadas, para que eu possa acompanhá-los. Porque ele e a mãe resolveram que eu e meus irmãos precisamos assumir nossas responsabilidades. Creem piamente que fainas árduas e a superação de obstáculos forjarão nossos caracteres. Ainda mais agora, que estamos sendo preparados para encarar um planeta biótico desconhecido, quiçá hostil.

Isto posto, que diabos estamos fazendo neste ponto extremo da propriedade?

Missão de reconhecimento.

Os drones da vigilância aérea registraram movimentos ao voarem acima das copas das árvores, pois essas máquinas são demasiado grandes e desajeitadas para manobrar no interior dos trechos mais fechados da Floresta da Tijuca. Movimentos compatíveis com a presença furtiva de seres humanos. A mãe enviou um enxame de microdrones para verificar. Contudo, apesar das miríades de voos rasantes mata adentro, esses dispositivos não detectaram os movimentos fugazes registrados por um drone convencional num segmento holográfico de míseros dois segundos de duração.

Daí, nossa missão atual. A Patrulha na Selva. Todos nós apostamos que se trata de mais um rebate falso, como nas ocasiões anteriores. Um bando de macacos-prego saltando desatinados entre os galhos das árvores. Ou, então, dois ou três quatis se atracando com uma jaca gigantesca estourada no solo da floresta. Ou, ainda, quem sabe, até uma onça (minha hipótese de trabalho favorita), embora não haja registros confiáveis da presença desses felídeos na Floresta da Tijuca nas últimas décadas.

– Chefe, há alguma coisa caída ali na frente. – A agente negra aponta em direção ao fundo do declive.

– Onde, Camila?

– Um vulto, aparentemente caído, ao lado daquele tronco tombado.

De fato. Há um vulto semioculto à sombra, entre o tronco e o solo revestido de folhas secas. Como se estivesse recostado na árvore caída. Uma pilha disforme de folhas? Ou um cadáver humano putrefato?

– Estou vendo. – O capacete do traje do pai se fecha para que o usuário possa empregar as lentes telescópicas acopladas. Pena que o meu não disponha de tais recursos. – Parece um corpo. Camila, prepare-se para avançar ao meu comando. Aos demais, em posição. Mantenham-se a postos para qualquer eventualidade.

– Entendido. – Os outros nove agentes confirmam em uníssono.

– Pronta, Chefe. – Camila faz os ajustes em sua armadura e então assente com ar tranquilo.

O pai e a agente avançam lado a lado em passos cautelosos até pararem a um metro do tronco tombado em equilíbrio precário na cava do declive.

"– Cadáver humano." – Ouço a voz de Camila pelos auriculares. – "Pela direção de onde vem essa trilha, é provável que nosso amiguinho infortunado tenha vindo lá da Rocinha."

"– Vire o corpo de costas." – O pai comanda. – "Quero hologravar o que sobrou do rosto dele."

Então, trata-se de um "ele".

Camila introduz o cano da metralhadora por sob o cadáver. Após duas tentativas infrutíferas, consegue virar o corpo, posicionando-o deitado de costas.

"– Fisionomia registrada." – A voz do pai soa satisfeita. – "Extraia amostras de tecido."

"– Afirmativo, Chefe."

"– Tome cuidado, Camila."

"– Deixa comigo, Chefe." – A agente solta uma risada confiante. – "Seguirei todas as precauções dos protocolos escritos pelo Mike."

◆

O fato é que todas as precauções dos protocolos não foram suficientes para evitar que o cadáver encontrado no fim da trilha trouxesse a Covid-91 para o interior do nosso bunker. Aos escrevê-los, Mike não imaginou que seríamos obrigados a lidar com uma infecção tão contagiosa quanto a supergripe.

Opa! Peço desculpas. Pois acabo de perpetrar este deslize hediondo de antecipar um dos desfechos desta narrativa. Não se deve *telegrafar* o clímax da história antes da hora.

Então, fica o dito pelo não dito.

Voltando: sob as ordens do pai, o cadáver é incinerado no próprio sítio em que o encontramos com o emprego de um lança-chamas. Tomamos cuidado para não incendiar a mata. A chuva que caiu ontem à tarde torna mais fácil impedir a propagação das chamas.

Em seguida, marchamos de volta à mansão sem maiores incidentes. Quando retornamos ao lar, mesmo ciente de antemão, a mãe se mostra nervosa com o incidente.

– E se aquele corpo estiver infectado com a supergripe? – Seus olhos varrem a fisionomia serena do pai e a minha, bem menos tranquila.

– Fica fresca, amor. Não assumimos risco algum. – O pai suspira com expressão paciente estampada no semblante. – Stella já está testando as amostras daquele corpo. Só por garantia.

A mãe cerra as pálpebras. Franze a testa, com cara de quem está visualizando uma batelada de informações. Então, replica com voz perturbada:

– Esse corpo. – Toma fôlego antes de prosseguir. – Não passa de um garoto. Um adolescente.

– Gepê, exiba o holo do cadáver – sussurro, na certeza de que o material já se encontra disponível nos sistemas da mansão. Pois, caso contrário, a mãe não o teria visualizado. – Apmo – murmuro o acrônimo de "apenas para os meus olhos", para que ele não abra o holo no tanque do salão.

Antes que a mãe ou o pai possa ordenar que o gedo bloqueie a informação, meu gepê leal me faz visualizar a face parcialmente desfigurada do cadáver em decomposição. Apesar das órbitas oculares vazias e da língua inchada, esticada para fora da boca, não é difícil identificar a fisionomia conhecida.

– É o Tonga – balbucio entre dois soluços.

– Quem? – Meus pais indagam ao mesmo tempo.

– Meu amigo da Rocinha. – Engulo em seco. – Eu jogava futebol com a turma dele lá naquele campo abandonado da Estrada da Canoa.

– Ah, sim. – O pai acena com a cabeça. – Puxa, mas que merda. Sinto muito, meu filho.

– Ele não estava invadindo. – Controlo o choro. – Deve ter vindo em busca de auxílio para a comunidade.

– Talvez. – O pai murmura para si próprio.

– Com certeza. Pobre coitado. – A mãe assente com expressão pesarosa. – Porém, ainda assim, precisamos descobrir logo o teor dos resultados dos testes do seu amigo.

◆

Tonga testou positivo. Morreu de supergripe menos de cinquenta horas atrás.

Todos nós da expedição pela trilha somos colocados sob quarentena. Stella coleta amostras de sangue e muco nasal. No entanto, alerta de antemão de que vamos precisar repetir os testes em quarenta e oito horas para confirmar se fomos ou não infectados.

Na manhã seguinte, nossa médica divulga os resultados. Quatro dos expedicionários positivaram para o vírus da supergripe. Inclusive o pai e a Agente Camila.

Contrariando nossos prognósticos otimistas, a Covid-91 conseguiu enfim penetrar no bunker que julgávamos inexpugnável.

Três dias mais tarde, não obstante as salvaguardas e precauções adotadas, mais de noventa por cento dos residentes na propriedade testam positivo para o SARS-CoV-37. Inclusive meus pais, eu, meus irmãos, a Doutora Alves e o Albano, nosso novo chefe de segurança.

Stella aplica doses de antivirais inteligentes em todos os residentes, infectados ou não. Sinto uma febre baixa, alguma dor de garganta e uma dor de cabeça bem fraquinha, mas prossigo em meu treinamento centaurino sem maiores problemas. Nossa médica afirma que já não é mais o caso de isolar os infectados. O vírus já se disseminou por todas as áreas residenciais da propriedade. Apesar de suas cagarolices habituais, Carol e Carlinhos superam o vírus bem melhor do que eu, pois permanecem completamente assintomáticos o tempo todo. Com dificuldades respiratórias, o pai cai de cama. Stella afirma que o caso é grave e determina sua pronta remoção para a enfermaria. Um dia depois, ele está entubado e inconsciente no respirador. O grande problema é que a enfermaria só dispõe de nove respiradores. Ninguém em sã consciência imaginou que precisaríamos de mais do que isso. Por outro lado, ninguém supôs que entraríamos em contato direto com o cadáver de um amigo infectado. Já nos primeiros dias, as nove máquinas ficaram ocupadas.

Camila constitui nossa primeira baixa fatal. Sua perda livra Stella do dilema cruel de ter que arrancar um paciente crítico da UTI improvisada para gerar uma vaga para a mãe, que também necessita de um leito com respirador com urgência.

A equipe médica se mantém desperta à base de doses maciças de estimulantes. Um dos paramédicos adoece e Stella o afasta do atendimento. Na morte seguinte, ele "herda" o primeiro leito de UTI disponível. Mais da metade dos adultos residentes marcha inexoravelmente para a morte, pelo simples fato de que não há respiradores para atender todos os casos graves. As crianças, filhas de agentes e funcionários, revelam-se praticamente imunes. A minoria dos agentes que se recobra da infecção sem maiores sequelas tenta manter o perímetro da propriedade sob vigilância. Uns poucos são treinados como paramédicos. Albano recobra a saúde sem necessidade do período regulamentar de internação na UTI.

As notícias do mundo exterior que nos chegam de forma fragmentária tampouco são animadoras. Brasília se queda incomunicável. Há boatos de saques, conflitos e mortes nas ruas de quinze capitais brasileiras. Na cidade de São Paulo, o êxito das autoridades na imposição de um *lockdown* rigoroso consegue conter a pandemia. As cidades do interior do estado não exibem desempenho semelhante.

Aqui no Rio, entregues à própria sorte, as favelas e comunidades se convertem em covidários descomunais. Embora as mídias informativas não consigam entrar lá, tomadas realizadas com o emprego de drones têm exibido cenas dantescas nos holonoticiários. A situação nos bairros do asfalto não é muito melhor. O governador do Rio de Janeiro decreta *lockdown*, mas a determinação não é cumprida em todos os municípios com igual eficiência.

De volta à mansão, no dia em que atingimos a marca da trigésima morte, nossa situação se torna crítica quando a supergripe coloca Stella fora de ação. Albano se vê forçado a tomar a decisão dificílima de retirar um paciente do leito com respirador da UTI para instalar nossa médica em seu lugar. Exerce sua escolha de Sofia amparado pelas orientações dos paramédicos, que avaliam as chances prováveis de sobrevida dos outros sete pacientes que ocupam respiradores. Ninguém cogita remover o pai ou a mãe de suas máquinas, embora os dois não apresentem sinais de melhora.

◆

– Mano. – Carlinhos se remexe em meu colo, choroso como se tivesse três anos de idade. – E se o papai e a mamãe morrerem?

– Eles não vão morrer. – Afago seus cabelos ondulados.

– Como você pode saber?

– Eles são Mendonça, moleque. – Carol vocifera, encolhida em minha cama. Raivosa para ocultar o medo. – Mendonça, vigor de onça. Somos duros na queda, duros que nem pedra, esqueceu? – Recita o velho lema familiar de forma automática. – Nós três sobrevivemos, não foi? O pai e a mãe vão se recobrar também. Você vai ver só.

– Não sei, não. – Ele funga, desanimado. – A Doc falou que a supergripe atinge as crianças com menos força. Os filhos dos agentes não são Mendonça e também sobreviveram. Enquanto isto, os pais e mães deles estão morrendo.

– Escute bem – murmuro no ouvido dele. – A mãe e o pai vão escapar dessa.

– Sei. – Ele suspira em tom abatido. – Mas, e se eles morrerem?

– Não vão morrer.

– Tá bem, mano. Mas e se o pior acontecer?

– Se o pior acontecer, eu cuidarei de vocês.

– Mas você ainda é criança. Danado de esperto, mas criança.

– E daí? Não serei criança por muito tempo. Além disso, como você lembrou, sou bem inteligente para a minha idade.

– Além disso – Carol imita meu tom de voz –, nossos pais não vão morrer.

Apostamos todas as nossas fichas na resistência imunológica mendoncina do pai e da mãe. Por isto, sofremos o diabo quando a tragédia enfim desaba sobre nossos ombros.

◆

No décimo segundo dia após a descoberta do cadáver do Tonga, o pai não resiste mais. A mãe falece dois dias mais tarde. Tanto um quanto a outra jamais recobraram a consciência.

Durante todo esse surto, para todo e qualquer efeito prático, eu, Carolina e Carlos permanecemos sob os cuidados da Artemisa. Claro que ela não é um ser humano. Pelo menos, não uma humana orgânica. Porém, é a melhor tutora que poderíamos desejar e, neste período trágico e caótico, assumiu as funções de governanta da mansão e defensora dos interesses últimos dos Mendonça. Afinal, foi através dela que recebemos as notícias das mortes dos nossos pais.

A morte do pai foi mais traumática. Porque, no fundo, tínhamos esperanças de que conseguisse escapar. Já a morte da mãe, por pior que tenha sido, não nos tomou de surpresa. Pois desta vez, quando Artemisa se esforça em preparar nossos espíritos para o pior, não nos recusamos a compreender o que ela estava tentando explicar.

Como todos os demais, nossos pais são sepultados na propriedade. Em condições diversas, em atendimento aos seus desejos pessoais, seus corpos teriam sido cremados. Só que não há crematório na mansão e funerais em um cemitério estavam simplesmente fora de cogitação. Recebemos condolências numerosas da Terra e do espaço. Amigos, parentes e autoridades enviaram montes de holos de pesar e dezenas de coroas fúnebres virtuais. Até a primeira-ministra da União Sulina arranjou tempo para gravar um holo de condolências, enviado no dia do funeral do pai. Naturalmente, sob os protocolos de *lockdown*, ninguém compareceu presencialmente às cerimônias. O pai e a mãe teriam se sentido contentes com tamanhas manifestações de apreço.

Após o funeral dela, órfãos de pai e mãe, eu e meus irmãos nos reunimos em meu quarto para chorar em paz. Desta vez, trouxemos poltronas dos quartos deles.

– Artemisa. – Convoco nossa tutora depois de hora e pouco de choradeira e rememorações dolorosas.

Carol e Carlinhos se sentam voltados para o holotanque.

“Pois não, Ricardo.” – Ela se materializa no fundo do tanque no instante seguinte. Traja um vestido negro impecável, extremamente bem comportado pelos padrões das comunidades espaciais. – “Acompanhei o funeral pelas holocâmeras. Belas palavras, meninos. Sua mãe teria se sentido orgulhosa. Mais uma vez, meus sentimentos neste momento de pesar.”

– Obrigado. – Replico em modo automático, enxugando os olhos nas costas das mãos. – Estamos com algumas dúvidas.

“Farei o possível para esclarecê-las.”

– Agora que somos órfãos – Carol se antecipa, contrariando o que havíamos combinado –, o que acontecerá conosco?

"Todos os contratos firmados com seus pais permanecem válidos e serão honrados pelas comunidades espaciais e selenitas." – Ela entrelaça os dedos sobre o joelho esquerdo, oculto sob o tecido preto do vestido. – "Seus treinamentos prosseguirão normalmente, até suas respectivas conclusões."

– Certo – assinto, ainda sob estado de choque. – Porém, e quanto a todo o resto?

"Não se preocupem" – Artemisa nos encara com um olhar grave. – "Nós cuidaremos de tudo e eu me encarregarei de vocês pessoalmente."

◆

Assim que o avatar da consciência artificial se desmaterializa, a ficha cai. Eu e meus irmãos mergulhamos num choro desconsolado. Os três juntos. Abraçados.

9
O espacial que caiu na Terra

Embora desperto, permaneço deitado de pálpebras cerradas. Presa fácil dessa preguiça matinal paralisante que me acomete vez por outra, minutos antes de o gedo traiçoeiro anunciar em seu tom funéreo implacável que é hora de levantar.

Só que a voz que eu ouço dentro da minha cabeça quinze minutos antes das seis da manhã é outra. Mais rica e sensual do que a do gepê:

"Meninos, é preciso levantar agora." – Artemisa anuncia em seu português meigo peremptório. – "Por favor, vistam-se e desçam para o salão."

– Por que essa pressa toda? – Pelo jeito que ela falou, concluo que se comunica com nós três ao mesmo tempo.

"Os Mendonça estão prestes a receber um visitante."

– Agora, em pleno *lockdown*?

"Isso mesmo."

– E o nosso café da manhã?

"Se pararem de fazer perguntas tolas e se apressarem,

CONSEGUIRÃO DESFRUTAR DE UM DESJEJUM EXPRESSO, QUE FAREI SERVIR NO PRÓPRIO SALÃO."

– Se é assim, entendido.

Pelo visto, as perguntas ficarão para depois da primeira golada de leite gelado, lá pela segunda torrada. Espero que Misa dê uma colher de chá e as mande preparar amanteigadas.

Visto o traje inteiriço autolimpante que costumo usar nas sessões de treinamento. No corredor, encontro Carol com uma cara de sono de dar pena. Até que se arrumou bem rápido por seus padrões carolínicos. Se duvidar, acaba de estabelecer um novo recorde pessoal.

– Carlinhos? – Ela me fita com ar inquisitivo.

– Bem aqui, manos. – Ele aparece no umbral da porta do seu quarto com um sorriso apreensivo no canto dos lábios.

– Vamos a isso, então. – Faço um gesto decidido em direção às escadas, pois ninguém aqui está com paciência para aguardar o elevador.

◆

A refeição é servida por autômatos reprogramados pela consciência artificial. Um padrão que Misa adotou sempre que nós três comemos no salão. É possível que não se sinta à vontade ao comandar um serviço prestado por empregados orgânicos. No entanto, mantém a tradição do serviço convencional da criadagem quando o desjejum é servido na copa.

– Então, Misa? – Carol se interrompe no meio do movimento de retornar a torrada mordida à boca. – Quem virá nos visitar?

"UM REPRESENTANTE DAS COMUNIDADES."

– Um espacial, aqui na mansão? – Empolgado, Carlinhos se engasga com o suco de tangerina e começa a tossir.

"EXATO."

– Como conseguirá alcançar a mansão neste *lockdown*? – indago ao avatar sentado na extremidade oposta da mesa comprida que, na verdade, encontra-se do outro lado da superfície do holotanque.

"A BORDO DE UM TRANSPORTE ATMOSFÉRICO, É LÓGICO. OU, POR ACASO, IMAGINARAM QUE ELE DESPENCOU DO SEU HABITAT ORBITAL E CAIU NA TERRA?"

– Está vindo direto das órbitas baixas? – Recobrado do acesso de tosse, Carlinhos abre um sorriso deliciado.

"ESTÁ, CARLOS."

– Chegará pelo ar. – Carol enuncia o óbvio antes de fustigar. – Não há risco de ser abatido pela Força Aérea?

"RISCO ALGUM." – Artemisa nos pisca o olho de íris dourada

fulgurante. – "Já recebemos uma autorização relutante do controle aéreo do Sudeste."

– E quanto aos drones do nosso sistema de vigilância? – Pergunto, embora já desconfie do teor da resposta.

"Alertei nossa segurança quanto à aterragem iminente do visitante."

Simples assim? De fato. Não duvido que essa consciência artificial voluntariosa seja capaz de assumir o controle da vigilância aérea da mansão à nossa revelia, caso julgue necessário. Albano provavelmente também já intuiu essa possibilidade. Portanto, não resta nada a fazer, se não relaxar ante o inevitável e confiar nas boas intenções dos espaciais. Afinal, Artemisa não compactuaria com visitantes que nos quisessem causar mal, certo?

"Então, meninos? Satisfeitos?" – Ela gesticula em direção aos pratos e copos vazios. A questão é retórica, pois dois autômatos ingressam no salão de braços estendidos, prontos para retirar a louça e os talheres. Outras três máquinas aguardam pacientes junto à parede contígua à copa, preparadas para iniciar o serviço de limpeza. – "Se já acabaram, proponho que saiamos para receber nosso visitante." – Ela se levanta da mesa e caminha rumo à porta. Quando o holotanque se apaga, ouvimos a voz dela em nossos auriculares. – "Não se preocupem. Permanecerei com vocês em modo áudio."

◆

Saímos os três para o gramado defronte à entrada principal da mansão nesta manhã ensolarada de inverno carioca no Alto da Boa Vista.

– Onde está a nave espacial? – Carlinhos vasculha o céu azul à procura de veículos aéreos.

– É só um atmosférico, seu bobo. – Carol ralha em tom carinhoso.

"O transporte se encontra a caminho." – Artemisa se manifesta em nossos ouvidos. – "Aterragem estimada em noventa segundos."

– Ainda não enxergo nada. – O caçula me lança um olhar enviesado.

– Ali. – Carol aponta para o oeste, pouco acima da copa das árvores. – É aquele pontinho escuro?

"Esse mesmo."

O ponto escuro se aproxima. Transforma-se num veículo de brinquedo com linhas aerodinâmicas funcionais. Então, de repente, está pairando sobre o campo de futebol, maior do que um helicóptero de carga do Exército. Aparentemente, desloca-se no interior da atmosfera por meio de sistemas de hélices ocultas em sua extremidade inferior. Embora quase não emita ruído, as correntes de ar que produz balançam a folhagem das árvores que ladeiam o gramado, sítio escolhido para a aterragem. Do bojo inferior da aeronave, emergem quatro trens de pouso. Sem alarde, ela pousa no grande círculo do campo. Mal aterra, o veículo assume a coloração esverdeada exata do gramado.

– Vamos até lá. – Carlinhos propõe, entusiasmado.

"Não." – Nossa tutora determina. – "É melhor esperar o visitante aqui mesmo."

Artemisa tem razão. Não faríamos um bom papel caso o caçula disparasse em corrida tresloucada até o transporte.

Até então invisível, a escotilha se fende no casco da aeronave. Uma escadinha de quatro degraus emerge dali e um humano alto e magro desembarca com passos lentos e seguros. Eu diria que se sente à vontade em nossa gravidade. Não me surpreendo. Há uma penca de habitats orbitais que geram gravitação artificial pelo efeito da rotação.

Embora seu rosto possua tão poucas rugas quanto o do pai, seus cabelos curtos exibem o mesmo branco neve reluzente que vemos nos holos do nosso avô. Só que os cabelos desse espacial são crespos e sua epiderme é quase tão escura quanto a do pai do Toinho.

Lança um olhar para cá, assente e então caminha em nossa direção. Tenho a impressão de que dialoga (mentalmente?) com nossa tutora. De qualquer forma, não segue o estereótipo fajuto, lugar-comum dos holodramas terrestres, do espacial fracote, que se mostra inseguro e desajeitado ao retornar ao mundo dos seus antepassados.

Enfim, cruza a linha lateral do campo e para à nossa frente.

"Bom dia, Avelar" – ouvimos nossa tutora cumprimentá-lo. – "Apresento-lhes Ricardo, Ana Carolina e Carlos Mendonça."

– Saudações, Artemisa. – O espacial exibe um sorriso *pro forma*. Decerto já fez seu dever de casa e, portanto, sabe tudo o que há para saber a nosso respeito. – Bom dia, crianças. Sou Roberto Avelar. Como meu nome e sotaque indicam, nasci no Brasil, embora tenha emigrado para o habitat orbital Boa Sorte aos quinze anos de idade.

– Bem-vindo à nossa casa, Cidadão Avelar – digo em modo automático.

"Vamos entrar?"

– Com prazer. – O espacial sorri para nós ao fazer um gesto assertivo. – Sigo logo atrás de vocês.

◆

Artemisa apresenta um relatório pormenorizado da crise causada pelo surto de Covid-91 que se abateu sobre os residentes da propriedade. Roberto ouve com atenção. Só interrompe a consciência artificial em duas ocasiões, para solicitar mais detalhes.

"Em suma, esta é a situação vigente dos Mendonça." – Dirige um olhar pensativo a nós três ao concluir seu relato.

O espacial contempla nossos semblantes com ar pensativo. Em seus olhos negros, um fulgor de empatia e compaixão. Será sincero? Ou esse tal Roberto não passa de um bom ator?

– Muito bem, crianças – ele assente com ar sério. – É preciso tomar providências para salvaguardar sua segurança imediata e seus interesses presentes e futuros. Porém, ao menos em princípio, como representante das comunidades espaciais e selenitas, eu não gostaria de tomar qualquer decisão que lhes traga desconforto.

– O que será de nós? – Carol fita o visitante com expressão compungida de mestra da chantagem emocional.

– Pretendemos protegê-los. – Roberto lança um olhar breve à tutora. – Aliás, essa é uma exigência que se repete em diversas cláusulas do contrato que firmamos com seus pais. – Ele se volta ao avatar. – Artemisa, acaso julga que as crianças Mendonça se encontram em segurança nesta residência?

"Negativo." – Ela abana a cabeça num gesto bastante orgânico. – "A mansão já sofreu três ataques em quatro meses. Na última incursão, os invasores provocaram catorze mortes."

– Percebo.

"Repare que tudo isso se deu antes das baixas ocasionadas pela infecção virótica." – A tutora prossegue com voz desapaixonada. – "Com as baixas sofridas no ataque, a equipe de segurança que protege a família se encontra desfalcada. Em meio ao caos trazido pela pandemia, não será fácil contratar substitutos com a qualificação mínima necessária."

– Entendo. – Roberto entrelaça os dedos sobre o tampo da mesa. – Diante desses fatos, depreendo que você recomenda a remoção imediata dos três para um local mais seguro.

"Esta é sem dúvida a solução mais sensata."

– Certo. Por acaso, eles possuem algum parente próximo?

"Um tio residente no interior de São Paulo."

– Tudo, menos o Tio Eraldo – Carol junta as palmas das mãos numa súplica teatral, nem tão fingida assim.

"E um avô materno que cria gado no sul da Amazônia."

– Sério? – O espacial encara o avatar com expressão incrédula. – Pensei que já haviam abolido essa prática.

"CRIADOR DE GADO BOVINO. MAIS DE CEM MIL CABEÇAS."

– Cabeças. – Avelar faz cara de aparvalhado.

– Nossos pais eram rompidos com o Avô Matheus desde antes de eu nascer – declaro, implacável, com o intuito precípuo de pôr de lado as atitudes do nosso avô atávico e retornar ao assunto em pauta. – Transferir nossa guarda para ele contrariaria frontalmente os desejos do pai e da mãe.

– Concordo. Esse avô seria uma influência péssima para as crianças. – Roberto abana a cabeça numa negativa enfática. – Mais algum parente?

"NINGUÉM PRÓXIMO." – Artemisa suspira com cara de conformada. – "DOIS PRIMOS PELO LADO MATERNO, OUTROS TRÊS PELO PATERNO, UMA TIA-AVÓ CUJO PARADEIRO ATUAL É IGNORADO."

Roberto lança um olhar cético ao avatar.

– Famílias. Nunca estão disponíveis quando precisamos delas. – Ele cerra as pálpebras com ar consternado. Se duvidar, atormenta-se com uma lembrança desagradável do próprio passado. Após certo tempo, reabre os olhos e retoma a fala. – Bem, pelo que vejo, os três não têm ninguém capaz de assumir a guarda.

Bate uma vontade louca de afirmar que não precisamos de guarda alguma. Mas, em prol do nosso futuro, seguro a onda.

"NINGUÉM NA TERRA."

– Percebo aonde pretende chegar, minha cara. – Esboça um sorriso triste. – Em condições normais, tentaríamos negociar uma solução para a guarda deles com o governo brasileiro ou a União Sulina. Na conjuntura presente, tal solução não me soa factível, uma vez que esses entes políticos não se mostram capazes de negociar o que quer que seja.

"EXATO."

Roberto assente com a testa franzida, antes de explicitar a posição de seus representados:

– Ao que parece, eles só contam conosco.

"POIS É."

– Muito bem, crianças – suspira, decidido. – A ideia básica é removê-los desta residência o mais rápido possível e instalá-los num local seguro. O que vocês acham deste plano?

– No espaço? – Carlinhos arregala os olhos de entusiasmo.

– Não. Por enquanto, não. – Roberto sorri. – Vocês residiriam no enclave das comunidades na América do Sul.

– Lá em El Calafate? – Carol me dirige um olhar inquieto. Ao contrário de mim, meus irmãos não se recordam de ter morado noutro lugar que não esta mansão.

– Isso mesmo.

– Por quanto tempo viveríamos lá? – Tento emular confiança e tranquilidade no afã de acalmar minha irmã.

– Até concluírem seu treinamento. Segundo me consta, faltam pouco mais de oito meses.

– E depois? – Carlinhos fita o espacial com expressão assustada.

– Uma vez concluído o treinamento, nós os colocamos em animação suspensa e vocês só despertarão lá em Alpha Centauri.

E assim as coisas se deram.

Como podem constatar, não tivemos lá grande escolha.

◆

Tudo o que se segue ao *convite* de Roberto Avelar adquire o sabor de anticlímax.

Partimos da mansão após o almoço no mesmo transporte atmosférico que trouxe o representante das comunidades espaciais. Nosso visitante ilustre compartilha conosco a última refeição desfrutada em nosso lar. Na hora de escolher o tinto para acompanhar o rosbife, em vez do Bordeaux premiado, opta por um merlot do Vale dos Vinhedos, um DNA 99 da Pizzato, safra 2071.

Saímos praticamente com as roupas do corpo, pois Artemisa nos assegura que todo o necessário será provido lá no sul da Patagônia. Insistimos em levar nossos tablets, pois sem eles nossos gepês não serviriam de muita coisa. Embora consinta, Roberto afirma que receberemos modelos mais avançados em El Calafate. Tablets e, sobretudo, implantes. Carlinhos faz questão de levar consigo sua coleção de fósseis e pedras raras (na opinião dele). Roberto e Artemisa se sensibilizam com a birra do pirralho e lhe concedem o capricho.

Recém-saída da UTI, se não com a saúde plena, ao menos com a lucidez recobrada, Stella Alves ensaia certa resistência protocolar à nossa remoção. No entanto, deixa-se convencer pelas considerações de Artemisa. Uma vez convencida, a médica presta um apoio fundamental à tutora e ao espacial na tarefa de persuadir nosso chefe de segurança. Albano só dá o braço a torcer após analisar os detalhes dos contratos que o pai e a mãe firmaram com o Projeto Esperança: *"na ausência ou perda dos pais ou representantes legais dos futuros colonos, as comunidades humanas extraterrestres e a gerência do projeto indicarão um gestor para cuidar dos interesses últimos dos contratantes"*. No caso presente, como nossos pais deixaram registrado, seus interesses últimos consistem em nosso embarque para Alpha Centauri.

Ao fim do almoço, Roberto aceita sem discussão a proposta de levar Artemisa conosco para El Calafate.

– À medida do possível, é preferível manter intacta a estrutura doméstica à qual vocês três estão acostumados.

"A ESTRUTURA A QUE NÓS QUATRO ESTAMOS ACOSTUMADOS." – Ela nos joga uma piscadela de cumplicidade.

– Exatamente o que pretendi dizer. – Roberto assente, ripostando com outra piscadela.

Desta forma, Roberto Avelar se torna nosso tutor em teoria, enquanto Artemisa assume a função na prática.

– Nossos amigos sentirão falta da Misa. – Carlinhos murmura ao meu ouvido.

"ABSOLUTAMENTE NÃO." – Artemisa sorri ao caçula. – "JÁ PROVIDENCIEI O UPLOAD DE INSTÂNCIAS SUBSIDIÁRIAS DA MINHA PERSONA NOS SISTEMAS DAS RESIDÊNCIAS DELES. ATÉ PORQUE ESTOU COORDENANDO O TREINAMENTO DA MAIORIA."

– Instâncias subsidiárias? – Lanço um olhar inquisitivo ao avatar. – Não haverá perda de desempenho?

"EM TESE, SIM. NA PRÁTICA, NÃO." – Ela encolhe os ombros, resignada. – "DIFICILMENTE ALGUÉM AQUI EMBAIXO REPARARÁ A DIFERENÇA."

◆

O atmosférico decola em silêncio. Ao atingir onze quilômetros de altitude, aciona suas turbinas nucleares. Três horas e pouco mais tarde, aterramos em El Calafate.

Nos meses seguintes, retomamos a rotina de treinamento. De vez em quando nos lembramos da mãe e do pai e ficamos tristes. Sinto saudades da vida feliz que levávamos na Gávea Pequena. Por vezes, Carlinhos ainda chora um pouco à noite, antes de dormir. Nessas ocasiões, com a conivência das outras crianças do dormitório, eu e Carol nos sentamos à cama com ele. Ela lhe canta uma ou duas canções de dormir enquanto lhe afago os cabelos.

No dia seguinte à nossa formatura – por assim dizer, pois não há cerimônia ou comemorações – somos conduzimos às caves subterrâneas do pavilhão de hibernação do enclave. Só oito das cinquenta cápsulas de animação suspensa se encontram presentemente ocupadas.

Artemisa nos acompanha até três hibernáculos cujas tampas transparentes permanecem erguidas à nossa espera. Aqui no enclave, ela pode se manifestar como avatar humanoide em praticamente qualquer aposento.

"Como prometi, eles não se parecem nem um pouco com esquifes funerários."

Trata-se de uma piada recorrente que desenvolvemos nos últimos meses. Pois visitamos este pavilhão no dia seguinte à nossa chegada ao enclave.

Nós três avançamos e nos acomodamos o melhor possível nos leitos exíguos dos hibernáculos. Movo-me para amparar Carlinhos, mas ele faz questão de alçar sua unidade sozinho. Os dispositivos zumbem baixinho. De suas anteparas emergem miríades de fios, tubos, garras e tentáculos que envolvem nossos corpos, rasgando e removendo nossas batas translúcidas durante o processo.

– Vamos sentir frio? – Carlinhos indaga de troça pela enésima quarta vez.

"Absolutamente não."

– Hibernação não tem nada a ver com criogenia, moleque burro. – Carol retruca, fingindo-se irascível até o fim.

– Não custa nada confirmar – Carlinhos me pisca o olho. A verdade é que ele amadureceu um bocado nestes oito meses.

– Bons sonhos, meninos – Carol nos fala num tom inusitadamente meigo que me faz lembrar da nossa mãe.

– Bons sonhos, manos.

– Até logo – respondo, conjurando todos os meus resquícios de convicção. Porque não haverá sonhos neste longo período de inconsciência. – Hibernem bem.

"Boa viagem, crianças." – Artemisa pisca os olhos enormes quando as tampas transparentes se fecham.

As naves da esperança ainda não estão prontas. Portanto, ainda levaremos alguns anos para começar a jornada. No entanto, é sono que sinto, como se já houvesse passado há muito da hora de dormir. Bocejo com a sonolência induzida pelo coquetel de medicamentos injetado em nossos organismos para propiciar a hibernação.

Não sei quanto a meus irmãos, mas me sinto um pouco como um viajante temporal. Ou, quem sabe, espaçotemporal. Porque, se tudo transcorrer conforme o planejado, quando acordarmos daqui a pouco, estaremos mais de um século no futuro e no Sistema Triplo de Alpha Centauri.

EPÍLOGO
Reaparições do Passado

Abro os olhos e me pego recostado no tronco de um baobá imenso espetado no topo de uma colina rochosa. A elevação se ergue como uma ilhota numa pradaria infinita de capim azul.

Observo a árvore melhor. Talvez não seja realmente um baobá. Afinal, o capim, que devia ser verde, aqui é azul.

– Gepê, essa árvore é um baobá? – Levanto e fico de pé ao lado de uma pedra comprida de um metro de altura.

Ele não responde. Não sinto a presença do gerente pessoal, meu assessor mais íntimo e companheiro fiel desde os meus cinco anos de idade. Gozado. Esta ausência deveria causar pânico. Era para eu me sentir indefeso sem ele. No entanto, não é o que sinto. Por mais estranho que pareça, não sinto pavor, mas uma paz de espírito tão profunda que chega a ser suspeita.

A brisa sopra de onde suponho que seja o leste. A grama ondula em matizes diversos de azul, do celeste ao marinho, passando pelo ciano e o cobalto. O disco solar parece maior do que o que eu via lá do Rio. Solto uma risadinha histérica quando parafraseio em pensamento a frase da Dorothy em *O Mágico de Oz*: não estou mais no Rio. Nem mesmo na Terra ou no Sistema Solar. O mais surpreendente de tudo é o satélite alaranjado bojudo, maior do que Luna, pendurado neste céu azul-esverdeado, circundado por anéis amarelos.

Muito bem. Não estou na Terra e tampouco a bordo de uma nave da esperança. Só falta descobrir como diabos vim parar neste mundo alienígena.

Reparo no vulto pequenino se movendo junto ao horizonte. A figura bípede caminha aparentemente na minha direção. Avança pradaria adentro para cá, envolta em grama do meio das pernas para baixo. É impossível distinguir se o vulto é humano ou alienígena. Desta distância, não consigo distinguir suas feições.

A figura se aproxima passo a passo. Trepo na pedra e a observo. Considero a possibilidade de avançar até ela, mas resolvo que é melhor manter esta posição vantajosa. O vulto se desloca de um jeito calmo e confiante. Sem pressa. Só então me percebo vestido com um traje inteiriço branco de corte espacial. Libero um suspiro de alívio profundo ao perceber que o traje não é colante.

Quando a figura está praticamente à base da colina, constato que é uma humana. Pela altura elevada e os olhos avantajados, diria que pertence a uma estirpe extraterrestre qualquer. Pela facilidade com que se locomove nesta gravidade plena, presumo que não seja selenita.

– Olá, Ricardo. – Ela acena para mim no meio da subida.

– Já nos conhecemos? – Indago sem grandes cautelas, pois a voz não me soa estranha.

– Mais ou menos. – Exibe um sorriso familiar. – Sou Walkyrja.

– Desculpe-me, Cidadã. Deve haver algum engano.

– Evoluí a partir de uma instância de sua tutora, Artemisa.

Caramba. Estive com Misa minutos atrás no pavilhão de hibernação do enclave. Bem, ao menos, do meu ponto de vista.

Será possível que essa entidade descenda da Misa? Por diversas vezes, ela manifestou o anseio de evoluir.

– Você me faz lembrar dela – reconheço, desconfiado. – Os mesmos olhos grandes de íris douradas. O mesmo jeito de andar. Só que não parece tanto assim. – Nesse uniforme colante, vislumbro suas formas deslumbrantes. Essa Walkyrja é mais bem-apanhada do que a velha e boa Artemisa. – Francamente, você é mais bonita do que ela.

– Assumi a forma de uma humana orgânica normal desta época. Pelo visto, em sua opinião, as orgânicas atuais são mais belas do que suas congêneres do século XXI. – Ela solta uma risada. – Mas sei como essas coisas são. É como se eu fosse uma bisneta dela, não é? – Ainda sorridente, alcança o topo e para a um metro de distância. Aliás, ela é quase um metro mais alta do que eu.

– É meio por aí.

– Deixe-me experimentar uma mudança. – Sua altura despenca para um metro e oitenta num átimo. O penteado muda e as feições também. Agora, veste um macacão repleto de bolsos, no melhor estilo terrestre. – Que tal estou?

– Igualzinha à Artemisa que se despediu de mim ainda há pouco, ao pé do hibernáculo. – Observo as formas conhecidas do avatar. – Só que isso não prova nada, certo? A questão crucial é se você é ou não minha tutora Artemisa.

– Sou Artemisa. Porém, não sou apenas ela. Da mesma forma que, de certa maneira, você ainda é o Ricardo de cinco anos de idade, porque compartilha das memórias e dos anseios dele. Porém, hoje em dia, você já não é só ele.

– Faz sentido – sorrio, cauteloso. – Digamos que eu acreditasse em você.

– Ainda que provisoriamente.

– Isso.

– Sinta-se à vontade. – Ela pisca o olho dourado com ar satisfeito.

– Vamos combinar uma coisa? Você me faz qualquer pergunta que lhe vier à cabeça e eu responderei todas que puder.

– Feito. – Cruzo os braços sobre o peito. Confesso que me sinto menos intimidado na presença da Misa do que com a jeitosa varapau da Walkyrja. – Já chegamos em Alpha Centauri?

– Definitivamente.

– Onde estão meus irmãos?

– Ainda em seus hibernáculos. – Ela sorri. – Aliás, você também está no seu. Só que eles ainda estão hibernando e você está prestes a despertar.

– Sério? – Corro os olhos pela pradaria matizada em azul à nossa frente.

– Sério.

– Julguei que estivesse em Tellus – abro os braços. – Esta realidade virtual psicointerativa é...

– Prefiro que pense nesta experiência como um sonho vívido.

– Isto aqui está real demais para um simples sonho. Observo a rugosidade desse tronco. – Estendo o braço e passo a mão na casca da árvore para confirmar. – Os aromas da vegetação que a brisa traz dessa pradaria aí embaixo.

– Maravilhas da tecnologia futurista.

– Que seja um sonho vívido, como você sugere. – Encaro-a com olhar sério, sem medo de bancar o adulto. Pois, se é de fato Artemisa, ela conhece minhas manias de cor e salteado. – Este sonho é inspirado em Tellus?

– Em Tellus? Não. Em absoluto. – Por um instante, sua fisionomia exibe uma expressão sombria. Mas logo volta ao normal. – Inspirei-me em outro mundo biótico.

– Tudo bem. – Concentro-me em minha própria respiração na tentativa de me manter calmo. – Por que estou neste cenário bucólico de um planeta alienígena?

– Lembrei os ambientes que sua amiga Gisela gostava de conjurar para recebê-lo. Daí, resolvi criar este aqui.

– Um cenário fictício, portanto. Muito mais elaborado do que os que a Gi projetava, mas, ainda assim, irreal.

– Nem tanto. O planeta existe mesmo. Só que se situa noutro sistema estelar.

– Então, a humanidade já visitou outros sistemas além de Alpha Centauri?

– Já.

– Mudando de assunto, por que estou sendo despertado e os meus irmãos não?

– Você foi escolhido.

– Escolhido por quem?

– Minha associada orgânica o escolheu.
– Me escolheu? Para quê?
– Prefiro que ela própria lhe explique esse tópico em particular.
– Certo. E onde está ela?
– Presentemente defronte ao seu hibernáculo, com o olhar fixo em seu rosto inerte, na expectativa que você recobre logo a consciência e abra os olhos.
– Por que ela não está aqui conosco?
– Minha amiga e associada é uma orgânica antiquada. Como tal, não aprecia se imiscuir nos sonhos alheios.
– Pelo visto, você não nutre o mesmo tipo de escrúpulos.
– Em meu caso, é diferente.
– Por que você é artificial?
– Também. – Ela sorri, mais Artemisa do que nunca. – Porém, sobretudo, porque fui sua tutora e pretendo voltar a sê-lo.
– É mesmo?
– Pelo menos, é o que eu espero.
– Quando é que eu vou despertar?
– Quando seu organismo estiver pronto. Você passou mais de um século em animação suspensa. O processo de ressurreição demora um pouco.
– Ressurreição. Emprego para lá de esquisito do termo.
– Segundo me consta, essa acepção foi cunhada por ressurrectos.
– Então, não sou um dos primeiros a despertar?
– Imagina. Há mais de um milhão de terrestres ressurrectos.
– Espere um instante. – Arregalo os olhos ao tomar pé da situação. – A Esquadra da Esperança deve ter trazido mais de trinta milhões de terrestres para cá.
– Quase trinta e dois milhões.
– E só um trigésimo desses hibernautas todos foi ressuscitado até agora?
– Os números são essencialmente esses. Os outros permanecem em animação suspensa em suas naves. Como a Carolina e o Carlos.
– Por quê?
– Minha associada explicará esta parte.
– Há quanto tempo a Esquadra chegou em Alpha Centauri?
– Pouco mais de cinquenta e três anos atrás.
– E por que só estou sendo despertado agora?
– Porque minha associada o escolheu.
– E quanto aos outros terrestres? Também foram escolhidos por algum espacial?

– Não necessariamente. A maioria é despertada em lotes para exercer funções que os cidadãos desta época não desejam ou não possuem qualificações para exercer.

– Percebo. Somos mão de obra não qualificada. O que meus pais costumavam chamar de "bucha de canhão". É para isso que servimos, certo? Para limpar latrinas.

– Não banque o infantil. Autômatos burros já executavam tarefas desse tipo antes de você deixar a Terra.

– Está bem. – É melhor eu engolir a indignação até adquirir dados concretos. – Por falar nisso, como está a Terra hoje?

– A biosfera terrestre está convalescendo devagar. Um processo que só estará concluído daqui a dois séculos.

– Ainda há humanos por lá?

– Decerto que sim. Dois ou três milhões de indivíduos. Os Tribais Terrestres.

– Ficamos reduzidos a tribos selvagens?

– Algumas dessas tribos são até bem civilizadas. Nível cultural de cidades-Estado, por assim dizer. A civilização cósmica atual costuma deixá-los em paz. Não mantemos contatos intensos com os tribais. Porque eles preferem assim.

De repente, sou acometido por um *insight* arrepiante:

– Acabo de ter a sensação estranhíssima de já conhecer esse enredo. Uma espécie de *déjà-vu*. Sabe quando você descobre, no meio de uma dada narrativa, que sabe como será o fim da história?

– Gosto dos seus *insights* – esboça um sorriso nostálgico. – Por favor, elabore este ponto melhor.

– Tenho a impressão nítida de que, quando a Esquadra da Esperança ingressou neste sistema cinquenta e poucos anos atrás, já havia humanos aqui.

– Seu palpite está correto. As estirpes espaciais, asteroidais e planetárias chegaram aqui mais de oitenta anos antes de vocês.

– Como foi possível?

– Novas tecnologias.

– Não me diga que desenvolveram a propulsão relativística. A que velocidades suas naves se deslocam? Mais de noventa por cento da velocidade da luz?

– A velocidade não importa. – Artemisa encolhe os ombros. – A humanidade descobriu uma espécie de atalhos através de um conjunto de dimensões de ordem superior ao qual nos referimos como "não espaço". Os deslocamentos do ponto de ingresso de um atalho até seu ponto de emersão noutro sistema estelar são instantâneos para todo e qualquer efeito prático, independentemente das distâncias percorridas em anos-luz. Ao longo das primeiras décadas após a descoberta do primeiro ponto de ingresso no Sistema Solar, a humanidade mapeou uma série de atalhos funcionais, até estabelecer a malha cosmoviária atual.

– Entendo. – Não contenho o assobio de espanto. – Então, foi assim que as estirpes espaciais chegaram aqui antes de nós. E noutros sistemas estelares também.

– Isso mesmo. Só que nós chegamos até aqui através de um atalho, enquanto vocês cruzaram o espaço interestelar entre as gravitosferas do Sol e de Alpha Centauri. Foi a única expedição tripulada desse gênero na história humana. Os pioneiros centaurinos não puderam fazer nada para resgatá-los a fim de abreviar a duração da jornada. Portanto, só lhes restou aguardar a chegada da Esquadra da Esperança.

– Quer dizer que também não há lugar para nós terrestres em Alpha Centauri? Os espaciais se apoderaram de Tellus muitas décadas atrás.

– Negativo. Os espaciais propriamente ditos não apreciam viver em planetas e os *belters* ocupam seus asteroides e cometas. Por outro lado, Tellus constituiu uma decepção colossal para as estirpes planetárias. Não possui biosfera. Furiosos e desarvorados, a primeira geração de colonos selenianos rebatizou o planeta como “Azoto”.

– Desprovido de vida.

– Exato – Artemisa assente com ar triste. – Corporações selenianas empreendem presentemente um megaprojeto de terraformização planetária em Azoto. Porém, ainda levará décadas de esforço, séculos talvez, até que se torne habitável.

– Quem são esses selenianos?

– Uma estirpe planetária radicada em Selene, o satélite natural de Azoto.

– As estirpes planetárias por acaso descendem dos selenitas?

– Bingo!

– Que estranho.

– O panorama da diáspora humana?

– Isso também, é lógico. Porém, referia-me à expressão que acabou de empregar. Desde quando você usa gírias antiquadas?

– Ah, isso. – Esboça um sorriso sem graça. – É influência da minha associada orgânica.

– Sua associada misteriosa. O que ela deseja de mim?

– Minha amiga lhe explicará assim que você recobrar a consciência.

– Crê que gostarei do que ela pretende fazer comigo?

– Aposto que sim.

– O que foi isso agora?

– Isso o quê?

– Agora você aposta?

– Digamos que constitua outra influência deletéria exercida por minha associada.

– Misa?

– Pois não, Ricky.

Ricky? Ela nunca me chamou assim. Por um instante, encaro minha antiga tutora com ar desconfiado.

– Sou eu mesma, Ricardo. Sua amiga e tutora Artemisa e não uma entidade artificial maligna fingindo ser eu. Pode se abrir comigo.

Enfim...

– Se eu por acaso não aceitar a proposta da sua associada, poderei recusá-la sem maiores problemas?

– Lógico que sim. É inadmissível imaginar que pudesse ser de outro modo.

– Se eu recusar, precisarei voltar ao hibernáculo?

– Não, Ricardo. Eu e minha associada arranjaremos algo satisfatório para você, caso não tope a nossa proposta.

– Quer dizer então que você também está envolvida nisto?

– Como vocês costumavam dizer na boa e velha Terra, até a raiz dos cabelos. – Ela abre seu sorriso cálido característico. – A propósito, creio que é hora de acordar.

◆

Abro os olhos de repente. Outra vez.

A tampa do hibernáculo se encontra recolhida no interior da carcaça do equipamento. Aliás, este não é o hibernáculo no qual me deitei lá na Patagônia. A parte superior do leito começa a se erguer. Meio minuto mais tarde, estou sentado defronte de uma deusa ruiva imensa, linda de morrer.

– Como se sente, Ricky? – A deusa humana de mais de um metro e noventa de altura me fita com o par de olhos verdes incendiários mais incríveis que já contemplei. Suas íris de mais de três centímetros de diâmetro ocupam todo o espaço entre as pálpebras. Pareceriam parte da sátira ridícula de uma personagem ocidental num animê obsoleto, não fossem tão extraordinariamente belas. Pupilas falciformes de tigresa sob a luz indireta deste ambiente inteiramente branco em que acabo de ressuscitar. – Consegue entender o meu português?

– ... consigo. – Balbucio, arregalado e boquiaberto. – Pronúncia perfeita.

– Excelente. Não praticava o idioma há um bom tempo. Sabe como é: a gente não esquece, mas a pronúncia enferruja um pouquinho. – A deusa assente com ar solene. – Como foi a conversa com Walkyrja? Combinamos essa estratégia do sonho vívido para ganhar tempo, explicando algumas coisas enquanto você não recobrava a consciência. – Quando os segundos se esvaem sem que eu consiga articular uma resposta, esboça um sorriso preocupado. – Ainda confuso? Relaxe. Vai passar. – Expressa-se em tom maternal. Sua fala, aliás, constitui um balde gigante de neve cometária sobre meu começo de paixonite juvenil. O que essa humana de corpo escultural, modelado dentro de um uniforme colante verde-musgo, cuja coloração empalidece ante o tom esmeralda do seu olhar, deseja de um garoto bobo como eu?

– A conversa foi boa. – Tomo fôlego e coragem para responder à minha Afrodite de Botticelli. Nunca acreditei em amor à primeira vista, mas acabo de rever meus conceitos sobre esse assunto crucial. É claro que senti paixonites no passado. Como pela Isa, por exemplo. Porém, nada que se comparasse com este sentimento avassalador. Enfim, alvejado pela seta do deus Eros. Ah, a paixão doce e arrebatadora do primeiro amor. Para disfarçar este turbilhão de emoções, acrescento. – Com Artemisa.

– Ah, sim. – O sorriso agora denota satisfação. – Com sua tutora, Artemisa.

– Desculpe perguntar, mas quem é você?

– Eu é que peço desculpas por não ter me apresentado. Não o fiz por julgar que me reconheceria. – Solta uma risadinha melodiosa. – Jura que não sabe quem eu sou?

– Nunca me deparei com uma humana tão bela quanto você. É lógico que eu a reconheceria se já houvéssemos nos encontrado antes.

– Muito obrigada. – Outro risinho. – Porém, por outro lado, puxa vida, Ricky. Que decepção!

– A voz me lembra de alguém. – Confesso com o intuito precípuo de ganhar tempo. – Você não é espacial, certo?

– Lógico que não sou. – Ela apoia as mãos nos quadris generosos com indignação fingida. – Ainda bem que percebeu. Eis que começa a trilhar a senda da redenção. Por favor, prossiga.

– Asteroidal.

– Muito bem. – Ela une as mãos no gesto de bater palmas. Só que se contém a tempo. – O que mais?

– Você me lembra de uma adolescente aster que conheci. Só que não pode ser ela.

– E por que não?

– Você é mais alta do que ela. Bem diferente, também.

– Diferente, como? – Ela me varre o espírito com um olhar judicioso.

– É muito mais bonita do que aquela garota metida. Além de possuir bem mais cabelo do que ela.

– Ora, muito obrigada, Ricky querido. – A *belter beauty* dobra o tronco num cumprimento tão jocoso quanto sensual. Então, ergue as mãos para ajeitar a cabeleira ruiva que lhe chega até o meio das costas. Faz algo misterioso com as mãos ágeis e os fios e mechas compridas se entrelaçam sozinhos em um rabo de cavalo como num passe de mágica. – Já usei cabelos bem curtos.

– É mesmo?

– É, seu bobo. – Ela me lança uma piscadela adorável. – E também era um tanto metida quando jovem.

– Ahn?

– Última dica: este não é o corpo em que nasci.

– Não?

– Não. – Limita-se a sorrir, agora. Um sorriso fulgurante, apesar de maternal demais para o meu gosto. – As pessoas podem trocar de corpo hoje em dia. Os espaciais da velha guarda só trocam os seus quando os originais envelhecem. *Nada como a experiência da velhice.* – Entoa essa última sentença com voz cavernosa. Se duvidar, imitando um hierarca espacial vetusto. – Nós asteroidais reencarnamos sempre que aparecem modelos com aperfeiçoamentos significativos.

– Mas, se é assim, então...

– Sim?

– Você é a Ursulla Claudius?

– Em carne, osso e configuração.

– Caramba. – Perco o rebolado por um bom tempo. Ela se mantém sorridente e silenciosa, vasculhando meu espírito sem a menor pressa com esses olhos de gata enormes. – Eu diria que você está muitíssimo bem para a sua idade.

– Obrigada. – O sorriso se apaga do seu rosto. Ela me encara com a expressão mais grave da Via Láctea. – Agora, chega de papo furado. Vamos à pergunta que está formigando como gelo seco na ponta da sua língua.

– Já que insiste. – Engulo em seco. *Alea jacta est.* – Por que me despertou?

– Providenciei sua ressurreição porque desejo fazê-lo meu pupilo.

– Pupilo? – O balde de neve se transforma num cometa inteiro.

– Isso mesmo. – Ela volta a sorrir. – Aos treze anos, você ainda está bastante longe da maioridade legal, mesmo levando em conta o amadurecimento acelerado do seu organismo terrestre.

– E você seria a minha tutora?

– Ahn, não exatamente. Prefiro que minha associada artificial reassuma seu papel de tutora. Ela gerenciará sua educação formal. – Lança a piscadela mais sensual da periferia galáctica. – Eu serei sua guardiã.

– O que significa exatamente uma guardiã no século XXIII?

– Sua responsável legal. Dentre outras coisas.

– Certo. – Suspiro, desarvorado. – Mais ou menos como se fosse a minha mãe, né?

– Não, Ricky. – Suas feições se crispam numa expressão irritada. Linda ou não, seu semblante agora é o de uma deusa furiosa. Que tipo de gafe imperdoável terei cometido? – Não serei sua mãe. Não existem mais pais e mães na Humanosfera.

– Não?

– Não. – Ursulla abana a cabeça numa negativa para lá de enfática. – Pelo menos, não na Égide.

– E o que é a Égide?

– O conglomerado de megacorps que coordena o funcionamento do Núcleo. A parte mais importante da Humanosfera.

– E Humanosfera? A região da Via Láctea colonizada pela humanidade?

– Mais ou menos isso. Depois eu explico melhor.

– Certo. – Sinto-me perdido nesta barafunda futurista incompreensível onde acabo de aterrar. – Porém, se não há mães e pais, como são as famílias?

– Não há mais famílias, Ricky. – Ela suspira, decerto conjurando novas doses de paciência infinita de deusa deste Olimpo hipertecnológico. – A abolição da família já era uma tendência real nas comunidades extraterrestres do meu tempo de criança lá em Hidalgo.

– Espere aí. Você não teve pai e mãe?

– Não, meu querido. Não tive pai e mãe. Felizmente. Tampouco irmãos, primos e avós.

– Mas, então, quem te criou?

– Os instrutores do meu infantário, é lógico.

– Lá no asteroide em que você nasceu?

– Isso mesmo.

– Todas as crianças de Hidalgo já eram criadas dessa forma desde a sua época?

– Todas.

– Então, os pais asteroidais entregam seus filhos recém-nascidos direto aos infantários?

– Não, Ricky. – Ela bufa, algo exasperada. – Por favor, enfie uma coisa de vez na sua cabeça: não há pais e mães.

– Se é assim, como as pessoas nascem?

Ursulla me lança um olhar de incredulidade. Então, libera um longo suspiro do fundo dos pulmões.

– Está bem. – Acena com as mãos, como se me pedisse calma. – A culpa foi minha. Vamos começar do princípio. Está bem?

– Tudo bem.

– Preparado?

– Manda bala.

– Gostei da expressão. Um tanto antiquada, mas cabal. – Para meu alívio, minha deusa sorri, animada. – Os futuros cidadãos das comunidades extraterrestres deste presente aparentemente insano e caótico em que você acaba de ressuscitar são produzidos em série, ainda que sempre em quantidades reduzidas pelos padrões da antiga civilização global terrestre. – Escrutina meu semblante para aferir se digeri tudo até aqui.

– Produzidos. – Mastigo o termo com minha dentição mental. – Certo.

– As comunidades produzem novos membros sempre que julgam necessário. Genomas são selecionados, gametas são impressos e, após uma bateria de testes de rotina, os embriões resultantes são gestados em úteros artificiais. Quando nascem, os bebês são criados desde o início nos infantários. A profissão de instrutor é a mais relevante e a mais reputada de toda a Humanosfera. Desde os primórdios da civilização humana fora da Terra, resolvemos entregar a tarefa mais fundamental da existência humana, que é a criação e educação das futuras gerações, à responsabilidade das pessoas mais bem preparadas para essa missão sagrada. Os profissionais mais amorosos, inteligentes, talentosos e qualificados para cumprir o dever de educar novos seres humanos. Nunca nos arrependemos dessa decisão.

– Puxa vida. – Dizer que me sinto profundamente abalado é um eufemismo medonho. – Sem pais e filhos. Tudo bem.

– Vamos com calma. – Ursulla ergue a mãos de dedos longos para afagar meus cabelos. Seu toque me deixa arrepiado. Ela percebe e sorri, quase como se estivesse encabulada. – Com o tempo, você se acostumará com essas noções.

– Pelo visto, não há outro jeito que não me acostumar. – Libero meu melhor suspiro de resignação. – Mas, espere um pouco. Toda essa criançada dos infantários será escolhida por guardiões?

– De modo algum. O direito de adotar um pupilo constitui um

privilégio raro e, portanto, muito cobiçado e somente facultado aos cidadãos seniores.

– Então, aquela adolescente *belter* que recusou minha proposta de holocorrespondência chegou ao topo, afinal. – Solto uma risada bem pouco politicamente correta. – Exatamente como almejava.

– Isso mesmo. É por isso que estou aqui. Em vez de lhe enviar o holo prometido, compareço pessoalmente para saudá-lo. – Esboça um sorriso confiante. – Porém, como eu ia dizendo, jovens promissores, dotados de talentos invulgares ou de uma inteligência significativamente acima da média são candidatos naturais a serem selecionados como pupilos por um cidadão sênior.

– Entendo. – Minto, desorientado. – Uma curiosidade: o quão comum é para uma cidadã sênior como você adotar um jovem de outra estirpe?

– Bem, há precedentes raros de seniores espaciais adotando pupilos asters, embora eu nunca tenha ouvido falar de um sênior asteroidal adotando um pupilo *spacer*.

– Sei. E quanto a uma cidadã sênior de qualquer estirpe extraterrestre adotando um ressurrecto?

– Bingo – ela exibe um sorriso constrangido. – Até onde eu e Walkyrja saibamos, nunca ninguém tomou um terrestre por pupilo.

– Certo. – Tomo fôlego para a pergunta crucial. – E, com tantos jovens asters brilhantes até dizer chega à disposição, por que você escolheu justo a mim para pupilo?

– Porque você é perfeito, ora.

– Perfeito em que sentido?

– Extremamente inteligente, caráter íntegro, boa índole e desprovido de muitos dos vícios que abomino nas comunidades humanas atuais.

– Tudo bem. – Essa resposta brutalmente honesta de bate-pronto mexe comigo. – Outra questão: se levarmos seus planos adiante, esta escolha sem precedentes nos trará algum tipo de problema?

– Possivelmente. – Ela me fita com olhar duro. Mais honestidade. – Dificuldades e preconceitos que superaremos juntos. Como pupilo e guardiã.

– Outra coisa: acaso eu poderia, em tese, recusar sua proposta?

– É lógico que sim. Quase todas as pessoas creem em livre arbítrio hoje em dia. Sobretudo nós, asters.

– Certo. E o que me aconteceria se eu declinasse da proposta?

– Eu ainda me responsabilizaria pela sua educação e por sua adaptação às sociedades atuais. – Ursulla me lança um olhar pensativo. – É claro que, não sendo sua guardiã, eu seria obrigada a fazer isso à distância.

– Percebo.

– Cogitando recusar minha oferta?

– Não sei. Ainda não decidi.

– Pondere os prós e os contras com serenidade. Não se sinta pressionado a decidir rápido, pois eu não estou com a menor pressa.

– E quanto aos meus irmãos?

– Minha proposta não inclui Ana Carolina e Carlos Eduardo. – Ela faz uma pausa antes de prosseguir com o argumento. – Por outro lado, não há lei alguma que o proíba de tomar seus irmãos por pupilos quando se tornar um sênior.

– Na hipótese de que eu consiga ascender à cidadania sênior algum dia.

– Não nutro dúvidas de que você o fará. – Ursulla sorri. – Afinal, não o escolhi à toa.

– Mesmo assim. – Coço a cabeça. – Ser guardião de meus próprios irmãos soa um bocado esquisito.

– Concordo em número, gênero e grau. Porém, esquisitice ou não, é uma solução válida. Ademais, as leis da Égide não reconhecem os status de "irmão" ou "irmã". De qualquer modo, quando conquistar a senioridade, terá a idade adequada para exercer a guarda deles.

"Por que você não conta ao Ricky que nós temos uma nave estelar só nossa?" – Ouço a voz conhecida do outro lado do aposento. Giro a cabeça e me deparo com o avatar de Artemisa trajada num uniforme colante azul marinho.

– Porque isto seria jogar sujo, Wal. – A orgânica bufa, irritada. – Desejo que ele decida por si só. Livre das pressões e, sobretudo, das tentações. Lembra o que combinamos?

"Não te falei que ela tinha um lado antiquado?" – Artemisa me pisca o olho.

– Que tal se você se manifestasse com seu avatar habitual?

"O garoto prefere o antigo." – Artemisa replica, mas reassume a forma de Walkyrja em todos os seus duzentos e vinte e tantos centímetros de altura. – "Então, Ricky? Uma nave estelar zero bala só para nós três. Poderíamos singrar até um monte de sistemas estelares legais do Núcleo e, quem sabe, da Fronteira."

– Isso seria demais. – Encaro minha deusa ruiva. – Poderíamos realmente visitar outros sistemas?

– Em nossos períodos de folga. – Ursulla concede com mau humor para lá de fingido.

"Não precisamos de folga." – Wal solta uma gargalhada melodiosa, num tom muito mais sacana do que o empregado enquanto

Artemisa. – “A maioria do nosso trabalho não é executada nas gravitosferas do Sol e de Alpha Centauri. Só na última década, estivemos em doze sistemas estelares distintos.”

– Se é assim, eu aceito!

– Espere um instante. – A orgânica não resiste e abre o sorriso. – Julguei que estivesse mergulhado em dúvidas até o pescoço.

– Não estou mais.

– Sério?

– Seríssimo. – Presto uma vênia pronunciada à minha futura guardiã. – As coisas mudam, Ursulla.

– Não precisa decidir com essa afobação toda, Ricky. Ainda há um bocado de coisas que você ignora sobre a Humanosfera do século II.

– Relaxa. Eu aprendo rápido. – Pisco o olho para o avatar. Ela sorri de polegar erguido. – A propósito, dispomos de um calendário novo, agora?

“Apenas no que tange à contagem dos anos.” – Walkyrja reassume o tom professoral típico de Artemisa, meu velho conhecido. – “Século Dois da Diáspora Estelar. Estamos presentemente no ano cento e trinta e cinco da Diáspora Humana.”

– Muitos ressurrectos afirmam que estamos no ano cento e cinquenta e cinco da Época do Embarque. Neste caso, o ano um da contagem é o da partida da Esquadra da Esperança do Sistema Solar. – Ursulla dá de ombros. – Em seu caso, creio que é uma questão de escolha.

– O que nos leva à pergunta seguinte: qual será o meu status no Núcleo desta Humanosfera? Ainda sou ressurrecto terrestre, certo?

“Se aceitar tornar-se pupilo da Ursulla, do ponto de vista legal, será considerado asteroidal de origem terrestre. Pupilo Mendonça. Forma abreviada: Pup Mendonça.”

– Pup? – Engulo em seco. – Tem certeza de que não está zoando comigo?

“É só uma abreviação e não uma piada ou trocadilho.”

– Ele é meio cismado. – Ursulla pisca a esmeralda direita à artificial. – Como você bem avisou.

“Um preço diminuto a pagar para obter a excelência que almejamos.”

– Tem razão.

“E então, Ricky?” – Wal avança até o hibernáculo para me encarar. – “Pronto para se tornar pupilo da heroína mais temerária da Humanosfera?”

– Não exagere, Wal. – Ursulla sorri, mas não desmente a amiga. – Se não vai acabar assustando o garoto.

– Uma heroína espacial de verdade?

"Isso mesmo." – O avatar solta uma risada. – "Uma grande heroína estelar."

– Se é assim, Pup está perfeito para mim. Onde é que eu assino?

"Não precisa assinar nada. Basta a declaração formal de que aceita Ursulla por guardiã. Registrarei tudo e transmitirei para todas as bases de dados e repositórios de Alpha Centauri. Dentro em poucos dias, a informação estará disponível em toda a Humanosfera."

E assim foi feito.

Tornei-me pupilo da aventureira e líder asteroidal Ursulla Claudius, uma das humanas orgânicas mais famosas (ou notórias, conforme a fonte consultada) do Núcleo e da Fronteira. Juntos, vivemos peripécias épicas de arrepiar os cabelos.

Essas, no entanto, são outras histórias.

FIM

maio de 2020

Agradecimentos

O autor e os editores querem agradecer por mais um projeto de sucesso, a coleção Dragão Mecânico surge no final da maior pandemia que vivenciamos em nossa existência, e a reflexão e imaginação do que virá a ser o futuro não poderiam ser mais urgentes. Este é mais um pedaço do indestrutível impulso de criação que faz do trabalho da Draco tão importante para nós. A vocês, nossa reverência e gratidão sinceras:

Adilson de Almeida Júnior

Adriano Ladeira Vannucchi

Alan Jose Guedes

Alessandro Louredo

Alex Ricardo Parolin

Alexandre Adame

Alexey Dodsworth

Alisson Cavalcante

Alysson Fábio Ferrari

Amanda Villa Correia

Amarilis Chu Schneider

Ana Lúcia Merege

André Nazareth de Almeida

Antonio Marcos Pinto Fragoso

Ariadne Erica Mendes Moreira

Augusto Bello Zorzi

Basilio Belda

Beatriz Leonor de Mello

Bruce Bezerra Torres

Brunno Elias Ferreira

Bruno Henrique Oliveira Lima

Bruno Peixoto

Bruno Petri

Bruno Pinheiro Ivan

Bruno Procopio

Camila Villalba

Carime Damous

Carlos Rocha

Cassandra Szuberski

Catarina S. Wilhelms

Celso Cavalcanti

Cely Bertolucci

Cesar Lopes Aguiar

Claudia Quevedo Lodi

Cleide Almeida

Clever d'Freitas

Cristiano Firmo do Canto Orlando

Daisy Lodi

Daniel Fusco Borba

Davenir Viganon

Diego Canto Macedo

Diego Guerra

Diego José Ribeiro

Diogo Gomes

Douglas Drumond

Douglas Honório

Dulce Helena Siqueira Silva

Eduardo Augusto de Carvalho Melo

Eduardo da Silva Cardoso

Eduardo Francisco Torres Ferreira

Eduardo Maciel Ribeiro

Elisabeth Andrade

Eric David Gondim Figueiredo Hart

Erika Rossetto

Éverton Fernandes

Fábio Fernandes

Fabio Gardenal Inacio

Fabio King

Fabio R. T. dos Santos

Flávio Cesar de Medeiros Junior

Gabriel Farias Lima

Gabriel Guedes Souto

Gerson Lodi-Ribeiro

Giovana Lopes de Paula

Graça Taguti

Guilherme Conceição Concas

Guilherme Henrique dos Santos

Guilherme Monteiro Torelly

Heclair Rodrigues Pimentel Filho

Helder da Rocha

Hidemberg Alves da Frota

Honório Gomes

Ismael Garcia Chaves

Jacques Exelrud

Janito Vaqueiro Ferreira Filho

JCarlos Silva

João Avelino Bellomo Filho

João Eduardo Herzog

João Nilo de Souza Nobre

João Vitor Zenaro

Jose Joaquim Porto de Paula

José Ricardo da Silva

Juliana Brito

Juliana Yling Tu

Kátia Maria Loyola Martins

Kelly Duarte

Laura Ibiapina Parente

Leandro Rogerio Isquierdo Goncalves

Letícia Albuquerque

Lilian Pera

Lourenço Romano Junior

Luana Muzy

Lucas Alves da Rocha

Lucas Silva Souza

Lucca Kauffmann Morandini

Luciana Schuck

Luis Alberto de Seixas Buttes

Luiz Aristeu dos Santos Filho

Luiz Bernardes

Marcelo Augusto Galvao

Marcelo Carneiro

Marcelo Monteiro de Aquino Bertazzo

Marco Antonio da Costa

Marco Antonio de Toledo

Marcos Roberto Piaceski da Cruz

Maria Beatriz Baggio Zanetti Nucci de Oliveira

Maria Inês Farias Borne

Mário Henrique Perin Bernardo

Matheus De Oliveira Lopes

Melissa Barth

Newton José Brito

Nicholas Baracy

Nicolás Irurzun

Nikelen Witter

Octavio Aragão

Oracir Alberto Pires do Prado

Paolo Fabrizio

Patrícia Ferreira Magalhães Alves

Paulo Roberto Elache Ribeiro Duarte

Paulo Vinicius F. dos Santos

Pedro Antonio Lins de Freitas Oliveira

Pedro Borges Fortes

Rafaela Barcelos

Ricardo dos Santos França

Ricardo Souza

Roberto C. Belli

Rodrigo Arana Meira

Rodrigo Mutuca

Rodrigo Octávio Nogueira de Castro Santos

Rodrigo Rahmati

Ronaldo Henrique Acácio Souza

Rosa Maria Zuccherato

Sandra Pacheco

Sara Sanchez

Silvia Ferreira

Stéphanie Andrade Silva

Tayuan Höfle Schmitt

Thays Eloize Leme Bonato

Thiago Ambrósio Lage

Thiago Baptista

Thiago Carvalho Bayerlein

Thiago Tonoli Boldo

Ulisses Mattos

Vandrei Rodrigues

Victor Aparecido Ribeiro

Victor Peixoto Pereira

Vinícius Dias Villar

Vinicius Sousa

Vítor Queijo

Viviane Guerra

Weber Urschei

Waldemar Falcão

Primeira Temporada - 2022/2023

PECADOS TERRESTRES, Gerson Lodi-Ribeiro

Livro 1 - agosto/2022

PARADOXO DE THESÉUS, Alexey Dodsworth

Livro 2 - agosto/2022

SOLITUDE, Erick Santos Cardoso

Livro 3 - janeiro/2023

RIO 60 GRAUS, Fábio Fernandes

Livro 4 - janeiro/2023

UM MILHÃO DE MIM, Cirilo S. Lemos

Livro 5 - junho/2023

SILÊNCIOS INFINITOS, Nikelen Witter

Livro 6 - junho/2023

ESTE LIVRO FOI IMPRESSO EM PAPEL PÓLEN NA GRÁFICA ODISSÉIA,
NA ESPERANÇA DO FINAL DA PANDEMIA, EM AGOSTO DE 2022.